鼎談集

金井姉妹のマッド・ティーパーティーへようこそ

金井久美子
金井美恵子

中央公論新社

鼎談集

金井姉妹のマッド・ティーパーティーへようこそ　目次

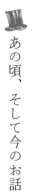

A Mad Tea Party

鼎談集

金井姉妹の
マッド・ティーパーティーへ
ようこそ

マッド・ティーパーティーへのお誘い

アリスが「不思議の国」の七章目で出席したクレイジーなお客たちのティーパーティーは、このうえなくメチャクチャで居心地悪く退屈なものだったのにちがいなかっただろう、という意味をこめて、お呼びするお客様たちへのおわびの気持を、このタイトルに匂わせているつもりである。ティーパーティーという誰でもが馬鹿にする老嬢好みの習慣の、居心地の悪い退屈さ加減を、お客さまと読者がお茶会の習慣どおりに礼儀正しく我慢してくださることを期待するのは、虫が良すぎるだろうか。もっとも、わたしたちとしては、老嬢の退屈な日々（伝統的にそうなのである）を、お客さまがたずさえて来る新鮮で面白い話題によって、まぎらせてもらおう、というのが本心なのだ。わたしたちは老嬢のかたくなな趣味で、気に入ったお客さましか呼ばないつもりだが、こういうことを、はっきり言ってしまうのが、ようするに、オールドミスの幼稚な意地悪さというものだ。紅茶が嫌いな方のためには、コーヒーかシェリイかワインくらいは用意してあります。

一九七八年十一月

久美子
美恵子

A Mad Tea Party

プロ野球のお話

Guest

蓮實重彦

蓮實重彥（はすみ・しげひこ）

一九三六年、東京生まれ。フランス文学者、映画評論家。六〇年、東京大学文学部仏文科卒業、東京大学教授、教養学部長、総長を歴任。映画雑誌『リュミエール』の創刊編集長をつとめる。七七年、『反＝日本語論』で読売文学賞、『監督小津安二郎』（仏訳）で映画書翻訳最高賞、八九年『凡庸な芸術家の肖像』で芸術選奨文部大臣賞、二〇一六年、『伯爵夫人』で三島由紀夫賞をそれぞれ受賞。

まえがき

蓮實重彦はいかになんでも大きすぎると感じるのは、わたしがいかになんでも小さすぎるせいだろうか。蓮實重彦は、一八二センチ（ジェームス・ボンドと同じ、と本人はいう）で、わたしが一四八センチ（もちろん身長の話をしているのだ）という恐るべき事実は、いささか恐怖の種たらざるを得ない。ようするに、身体的恐怖感。手なんぞ、わたしが普段キャッチ・ボールに使用している小学校低学年用グローブぐらいあるのだもの。

ほどよい大きさという常識的凡庸さに対する軽蔑の念を蓮實重彦はあからさまに示すし、わたしにしたところで別にそうしたものをわざわざ隠そうとは思わないが、こちらは小さすぎるところで、あちらは大きすぎるところで、ほどよい大きさを軽蔑しているのかもしれない。

会話というものは本来は野球的、ようするにゲーム的でなければ面白くないが、今回は、ほんのキャッチ・ボール程度のお相手を二人してつとめさせていただいただけ。ところで、わたしのキャッチ・ボール（本当の）は、コントロールも悪ければ球威もひどく弱々しいのだが近所の美少年に現場を目撃されるのが何より恥しく、なかなか上達しない。

（美恵子）

野球とルール

美恵子　蓮實さんはかなりの野球狂と聞いているのだけど、先日の阪急とヤクルトの決勝戦のトラブルをご覧になりましたか。

蓮實　ああ、ヤクルトの大杉が打ったファウル性の大飛球がホームランと判定され、阪急の上田（利治）監督が猛抗議した試合ですね。中継は残念ながら見なかったんだけど後で、ニュースや新聞で、さんざん見ました。

美恵子　上田が判定に文句言ったわけですけど、ああいうのって割とあることだけれど、どう思いますか。スポーツというのは当然ルールはあるわけで、ルールと判定は別だと思うし、わたしは文句をつけるのはいいことだと思ってるのね。試合が、何かが起きて中断されるのって、私は好きなんです。

蓮實　確かにルールを間違えて判定した時の抗議は出来るでしょうね。

久美子　あの場合、ホームランという判定だったわけだけど、ポールの内側ならホームランだし、外側ならファウルよね。ルールを守れというのなら、ジャッジはそれを守れと上田は後で言ってましたけど。

蓮實　ルールというのは、そういうのじゃなくて、書いてある規則の総体のことです。野球にはふだんは意識してないけど、六法全書みたいな規則があるわけでね。例えば、一塁に駆け込んだのと、球が来たのと、どっちが速いかというのは、ルールじゃなくて、判断なわけでしょう。だから、その判断とルールとは違うと思うな。アウトかセーフか、ストライクかボールか、ホームランかファウルかというのは、規則とは言えないんじゃないかな。

久美子　そうか、判断なのね。きわめて恣意《しい》的と言っていい……。

蓮實　うん、だからその場合、審判が最大の権限を持っているから、ひっくりかえらないでしょうね。と言うのは、合理主義的な解釈でね、それを言ったんじゃ、何も面白くない（笑）。ぼくは、それより、あの時、ああ、日本が露呈したって感じましたね。

久美子　それは、面白い見方ね。

蓮實　うん、コミッショナーまで出て来たというのは、まさに日本でね、嬉しかったですね、あれは。で、コミッショナーってのが冴えないおっさんで、「ワシが頭下げてもゆずらんかい」って言うの（笑）。これってやくざ映画の世界じゃない？　そもそもコミッショナーには審判の判断を左右するいかなる権利もない。しかし、そこを何とかとりつくろうと懇願とは名ばかりのおどしをかけている。あれはやくざ映画さながらでいいなあと思いました。

美恵子　上田は必死になって、審判にヴィデオのことだと思うけど、科学兵器が証明してるって言っていて、そこにコミッショナーが出て来るというのは、そうね、日本なのね。

エライ人がその場のある取り決めで決定するから、科学兵器なんぞは通用しない。

久美子 それで翌日の新聞なんかは、とにかく、上田がみっともない、ファンに対してなんてことやったんだって書いたわけだけど、それもとても、今の日本的ね。でも、わたしはファンが怒ったとは思わない。

蓮實 上田のところへ無限にハガキや、はげましの手紙が来たっていうからね。審判のセ・リーグびいきってことに対して、今後のために芝居うったたってこともあると思うし。

久美子 それに、お客さんって、トラブルを喜ぶ傾向があるんじゃないかしら。

蓮實 ケンカが出れば、客はそれでまた喜ぶ。やっぱり、審判が変ですね。変というか、いかにも日本的であって、本来だったら、上田退場で終わりのはずです。試合の進行をさまたげているのですから。それを、退場にしないで、一時間半も試合が再開せず、しかもエライさんに出て来てもらって、おじぎさせてね……。

久美子 まるで、ハイジャックみたい（笑）。

蓮實 あの上田って人は、ほとんど選手生活がないせいか、ぼくは、あまり親しみを感じないんだけど……。お二人は阪急のファンですか。

美恵子 割と阪急とロッテの試合は見に行くことが多いわね。わたしは、どこのファンというわけではないけれど、セ・リーグの試合はたいてい混んでるんだもの。

久美子 それに、パ・リーグの試合の方が面白いような気がするんだけど。選手一人一人が魅力的よ。

蓮實　パ・リーグというのは、まず見ないなあ。ぼくはピッチャーが打たないといやだっていう感じがあるから。

久美子　あら、指名打者制がいやなの（笑）。でも、日本シリーズなんかになると打ってるからいいじゃない。ざまあみろって感じがするでしょ。

蓮實　うん、まあね。山田とか……。

久美子　今井も今年は打ったし。

蓮實　だけど、ヤクルトというチームは、ぼくの見た限りは決して強いチームだとは思えなかったな。まったくダメじゃない、一人一人見たら。若松（勉）一人でしょう、いいのは。

久美子　だから、ヤクルトが優勝しても、広岡（達朗）と森（浩二）の話しか出ないのよ。

天才！　長嶋

美恵子　監督の方が、選手より話題になるでしょう、最近は。いかに管理者としてチームを鍛えあげたかってことが言われて、あれは野球の話でなくて、社会の話でしょう。

蓮實　不健康なことですね。だいたい監督が話題になっても、企業イメージの労務管理をどうするか、とかそういう話でしょう。馬鹿馬鹿しい……。選手管理で優勝できる野球なんて一年で終わりに決まってるし、広岡がそのことを一番よく知っているんじゃないかな。

美恵子　管理ってことでサラリーマンの話題になったりしてるのよね。管理について人々は、大変興味を持ってるでしょ。駄目な管理者の悪口を言うのがことに好きで、上役の悪口を言うのと長嶋の悪口を言うのが、サラリーマンの楽しみになってるみたいねえ。

蓮實　それで長嶋が駄目なのは、管理者として失格だからってことでしょう（笑）。だいたい管理して野球が勝てるなら、プロ野球なんてなくていいよ。ぼくは長嶋が好きでね。大学時代から彼を見ているけど、山だしの兄さんでねえ。それが華麗な変身の出来にくい時代にいるはずなのに、彼は華麗な野球をはじめたもんねえ。力だけの選手だったのに。

美恵子　ウンウン。長嶋のそういうところに関して、森茉莉さんはとっても敏感に反応していたわね。でも、長嶋って人は、なんとなく異なるものという感じのする人ね。あの声聞くとビックリ仰天。

久美子　確かに、長嶋って人は驚異よ。立教から巨人に入った時なんて、本当にあかぬけなかったでしょう。週刊誌で記事読んでも、言ってることは明朗すぎて意味不明だしさ、今だに、ウチの母なんて長嶋のことを野性的すぎるって言って嫌うんだけど、でも、世間的にはスマートっていうイメージでしょう。どうしてあんなに変身出来たのかしらね。

蓮實　そういうことでも不思議な人ですねえ。あの人は分析に値する人でしょうね。監督になって四年目で、優勝二回で、二勝二敗なのにあれほど問題になっている人って珍しいよね。川上（哲治）だって同じだったと思うし、やっぱり彼は異なるものですね。エトランジェなんだよ。エトランジェにしてエトランジェなんだ彼は。現代日本で、唯一、長嶋に対抗しうるのは鬼頭検事補だな（爆笑）。上田なんて人見てると、こういう人はいるだろうという感じだけど、長嶋にはそういうところがないから、宇宙人みたいで対応の仕方がないんだと思うな。

久美子　そこで、わたしが言いたいのは、長嶋なんていう人は、自然科学者や文学やる人の中に案外いるように思うの。

美恵子　文学にはあまりいないと思うけど、自然科学者にはいるタイプよ。

久美子　だから、わたしはそう奇異に感じないのね。そのタイプはあると思うから。ところが、上田みたいな人って、いかにもいそうでありながら、わたしの周囲には絶対にいないタイプよ。

蓮實　レアリスムの中の気味悪さね。

久美子　そう、だから上田の方がこわいのよ。社会生活の上ではね。

美恵子　長嶋みたいなタイプは自然科学者の中にかなりいると思うけどなあ。

久美子　かなりっていうのはオーバーよ。

美恵子　そりゃまあ、凡庸な人が多いからね。あのね、自分が天才であるということと凡庸な人間たちとの間の距離がよくわからないのね。だから、かえって長嶋的な人間が、世間では馬鹿に見えるのじゃないかな。文学者にはあんまり馬鹿に見える人っていないわよ。そういう天才はさ。

久美子　そうかしら、わたしは文学関係の中にも長嶋みたいな人っていると思うわよ。文学者だって凡庸な人が多いからさ。

美恵子　いるかなあ。少なくとも日本にはいないわよ。宇宙人みたいなのは入沢康夫がいるけどね。

久美子　日本にだっているわよ。百年単位で考えての話よ。ここ十年二十年じゃないわよ。

蓮實　長嶋ってまともな神経の持ち主じゃ対応できないと思う。この前、タクシーに乗ったら、運転手さんが長嶋って、ド阿呆だねって言うのね。その人はひたすら潔癖な人でね、あのスーツのコマーシャルが見るにたえないって言って、あの顔を見ろって言うけど、ぼくはそうは思わないな。あの笑い顔というのは、ぼくはモナ・リザに匹敵すると思うよ（笑）。

美恵子　わたしも、あのスーツの広告は好きなんだけど、あの笑い顔の不自然さに匹敵するのは、（初代）若乃花と出て来る弟の貴ノ花ね（笑）。兄さんに、人間しんぼうだって言われた時の笑い方ってちょっと好きだな（笑）。ま、貴ノ花はね、天才じゃないんだけれど。

久美子　天才ってよばれる人というのは、他の人が努力って感じることを自分では全く何でもなくやってしまえる人って思うのだけれども。王（貞治）なんかは？

蓮實　好きじゃないですね。でも、高校時代の彼は見てるし、当時はそういいピッチャーだとは思わなかったけど、目の醒めるような三遊間の流し打ちの出来る人だったたな。

久美子　最近の王って、わたしが思うに、スポーツやっているって気がしなくて、なんだか、殉教者、求道者って感じなのね。

蓮實　そう、ガリガリにやせてね。彼は、大打者になれたと思うんだ。左右に打ち分けてね。それこそ四割打者になれたと思うけど、例の荒川（博）さんにつかまって、ダウン・スイングでしょう。ここ十年ぐらいは、ダウン・スイング全盛で、それが野球をつまらなくしたとぼくは思うな。巨人の野球は、みんなバカみたいにダウン・スイングになっちゃったでしょう。

久美子　それを、今、国松（彰）コーチが継承していて、長嶋が反対してるってことなのかしら。

蓮實　それはどうかなあ。とにかく長嶋は、ミート打法だったたし、要するに合わせちゃうんだな。パッと先が読める人だね、あの人は。

長嶋が面白いのは、わざと空振りしているとしか思えない空振りをするわけよね。それでそのあとで、それが戦法だとわかるようなヒットを打つわけですよ。王は決してそういうことはしないからつまらない。

美恵子　要するに真剣なのねえ。あの真剣さと、努力というのが、気を重くさせちゃうのよ。前にテレビでね、どこかの二軍の選手たちのルポルタージュをやっていたのね。コーチも選手も努力と根性ってことを言うんだけれど、野球の現実のゲームってものはさ、努力とか根性なんていやらしい貧乏性のものを超越してるわけでしょ。王はゲームに努力と根性を持ち込んでる感じで、馬鹿馬鹿しいところがないのね。王のホームランって決して華麗じゃない、真面目なホームランね（笑）。意外な喜びがないでしょう。

蓮實　それとね、長嶋ってライナーでしょう。王はフライでね、ときどき綺麗なホームランだなあと思う官能的な放物線を描くこともありますけどね。やっぱり、ライナーで、それにつれて走るというのが好きですねえ。

走ること。そしてスポーツの快楽

久美子　それはそうね。わたしは野球で好きなのは走るってことだわ。阪急のよさはそこよ。福本（豊）、蓑田（浩二）なんてほれぼれするわ。蓑田は普通の二塁打をゆうゆう三塁まで走るのね。

蓮實　うん、その通りですね。あのね、一番面白い野球というのは、スリーベース・ヒットの多い試合だってぼくは確信してるんだ。

美恵子　でも、守備だって素敵じゃない。人間技とは思えないってのもあるし、あれだって、やっぱり走るわけだし。蓮實さん、野球するときキャッチャーやってるんでしょう。

蓮實　そう、よく知ってますねえ（笑）。

美恵子　大きいんだもん、すぐわかったわ。

蓮實　大きいから、キャッチャーってことはないでしょう（笑）。キャッチャーというのは、個人プレーの出来るポジションでね、一人逆向いて、唯一怒鳴る人なわけよ。

久美子　わたし、キャッチャーって好きよ。

美恵子　いろんな余計なものつけるし（笑）。

久美子　カッコイイしさ（笑）。

美恵子　野球の中では、一番子供っぽさを残しているポジションじゃないかしら。

久美子　普通、老獪《ろうかい》だと言われる割にはね（笑）。

美恵子　やっぱり、自分でゲームをやった方が、野球に限らず面白いわけでしょうし、こういう言い方は嫌いだけれど、やってみないとわからないもののひとつではあるわね。

蓮實　うん、そりゃ、そうでしょうね。ぼくが、野球が好きだっていう場合に、やるのが一番好きで、それから野球場に行って見るのが好きなんだけど、満員の球場にダフ屋をおどかして安い切符を買って、やや遅れて入って行く時の感じがいいんだなあ（笑）。中からドヨメキがもれてくる時に胸をドキドキさせながらっていうのが……。それで、テレビっていうのは、あまり好きじゃない……。

久美子　蓮實さんは、テニスもなさるそうだけど、他にスポーツは何かおやりになるんですか。

蓮實　ぼくの専門は、陸上競技だったんだけど、新宿区の中学生の記録は、しばらく破られないで持ってたんです。円盤投げでしたけどね。ハイ・ジャンプもやってて、ぼくの中学は新宿区で総合優勝ですよ。スゴイでしょう（笑）。やっぱり、陸上競技というのは、技術はあるけど、かけひきなしでしょう。実力がそのまま出ちゃうし、間違って、いつもより高く飛べるというのは、まずないしね。

美恵子　わたし、自分でやるということに対して、興味が持てないのね。だって、走れば遅いし、飛ぶこともできないというのが、小学校の時から、わかっているんですもの（笑）。人より劣ることを、わざわざやりたくないわけね。スポーツというのは、強いものが、非常にはっきりしているでしょう。案外あれは権力的世界なのよ。上手な人がいばるんだもん（笑）。

久美子　それがいいのよ。いま百メートルの記録は九秒九五。それはやっぱり人間的じゃないじゃない。すごいわよ。

美恵子　まあ、でも、普通言われるように、社会生活的じゃないわね、スポーツって。

蓮實　言うなれば、孤独な馬鹿がやるもんだ。

美恵子　テレビで野球見たり、新聞や週刊誌のスポーツ記事読んだりして、一番嫌なのは、社会生活そのものみたいな言い方をしていることね。体操の国際試合見てても、解説を聞いていると、すぐに、社会生活を持ち込むのよね。

久美子　それが受ける理由かしら。

蓮實　今、野球が受けているのは、ある程度それがあるかもしれませんね。一番嫌な型だけど。

美恵子　スポーツには管理だのなんだの、人間関係を持ち込んでほしくないのね。努力とか根性でことさら評価するのは、スポーツ選手の肉体の特権性に対する侮蔑的言辞じゃないかなあ。

蓮實　この前の体操の国際選手権のことをフランスの新聞で読んだけど、日本選手の活躍を〝サムライ〟って書いてたな。例のごとく貧困な比喩でうんざりしたけど。

美恵子　必ず苦労話というのがあって、やれ手にマメを作ったのなんだのって、野球だと王にはそれがいっぱいあるのね。ケイコとか努力とかって。ああいうものがスポーツから一掃されたら、どんなにサッパリするだろうかって思うわね。快楽というものを、無視しすぎるのよ。

久美子　ほとんどのスポーツがそうだろうと思うけど、努力して出来るものっていうのは限られてて、その上で、記録を打ち立てられる選手、強い選手というのは、努力というのじゃない何かを持ってると思うわ。

蓮實　そう、努力ももちろんしなくちゃ駄目だけど、努力してちょっとうまくなりましたって人に、プロでやられたんじゃかなわないって気がする。今の野球って、フォア・ザ・チームだとか、チーム・プレイとか良く言われるけども、そんなの当り前で、そこに芸をみせるべきなのに、チーム・プレイのために芸を全部消しちゃっている。馬鹿馬鹿しいと思うね。高校野球じゃあるまいし。

美恵子　同感ね。

芸のないプロ野球

蓮實　巨人の頭の刈り方って、まるで高校野球でしょう。帽子とったら、みじめで見てられない（笑）。今はないGIカットですよ。ああしなければいけないっていう制度的思考が、まだ、あそこにはあるのね。前にね、ベンチ前で、長嶋を囲んで円陣組んで、〝頑張りましょう！〟って言ってそうな、写真を見たけど、長嶋をのぞいて、全員、帽子とっていがぐり頭並べてるのね。高校野球と同じ精神ですよ、あれは。みすぼらしいなあ（笑）。

久美子　そうよねえ（笑）。でも、長嶋ってあの髪型似合ってるみたいよ。

蓮實　そうね。大洋の中塚（政幸）もいいね。まるで日雇いのオジサンという感じが、すごくいいんだ（笑）。どうせ芸がないんだから、巨人軍の選手は、徹底的に高校野球のマネして、バッターボックスに立つ時、帽子とっておじぎしてウォーとでも叫べばいいと思うね、ほんとに。

美恵子　厳しいのねえ（笑）。

蓮實　ほら、昔の千葉（茂）っていう人は、どう考えてもとれそうもない送球をわざと川上にしたでしょう。川上は川上で、あわてふためきながらとることはとる。そういう芸があった。ぼくは千葉さんという人が好きでね、放送解説でも、あれほどレトリックを駆使する人っていないからです。彼が、最近の野球はいたわり合いの野球だと言うんだ。昔だと、あんまりダメなピッチャーだと、ゴロが来ても、とってやんないぞって怒鳴ってたのに、今は、すぐピッチャーのところに寄ってたかって、肩叩きあったりする。いったいなんですか、あれは、っていう調子なんだ（笑）。

久美子　今は民主主義なのね、要するに。

蓮實　そう、民主主義ですねえ。

久美子　それで、民主主義で育った子供たちが中年になって運動不足とか肥満解消のために草野球をするという、そういう社会的風潮だから、野球ってピッタリなのね。

蓮實　それは、あると思うけどね、実際やってみると、ただただ、自分の打順の来ることのみを待っているんだな、おかしいことに。

美恵子　でも、それは民主主義じゃないわね（笑）。

蓮實　うん、ひたすら無邪気でね、まるで子供と変わらないよ（笑）。

久美子　自分勝手なわけね（笑）。

わが心のジョンソン

蓮實　この間、『ダイナマイトどんどん』という映画を見ましてね。
久美子　あ、ヤクザが草野球やる話ね。
蓮實　見ましたか。
美恵子　見ません。
久美子　わたしも、見てない。
蓮實　日本映画としては、最高の脚本なのに、駄目な映画でね。ヤクザ同士の野球なんて、こないだ現実に暴力団が横浜球場でやるのやらないのって話があったぐらいで、いい話なのに、ギャグが全然つまらない。
久美子　たとえば？
蓮實　走ってきたのを、足でひっくり返す程度の、知恵のないのばかりなんだな。
美恵子　野球の出て来る映画って、ジェームス・スチュアートの出たのとかいくつかあるけど、ロジャー・コーマンの『マシンガン・シティ』で、カポネやったジェイスン・ロバーツが、バットで人殴る場面があったでしょう。あれなんて、ま、野球そのものとは関係ないけど、面白かったわね（笑）。

蓮實　そうね（笑）。『ワイルド・アパッチ』という西部劇の最初のシーンが野球だったし、ラオール・ウォルシュの『攻撃目標ビルマ』なんて、日本軍と戦争している最中なのに、何故か、密林の中でGIが野球やってたりしていて、意外なところに野球が出てきますね。ウォルシュのは日本に来なかったけど。

久美子　面白そうね。ひょっとして、大岡昇平の『野火』の中で、アメリカ兵が野球やったりしてなかったかしら（笑）。

美恵子　それはなかったわよ（笑）。

蓮實　そのアメリカだけどね、長嶋がやめて助っ人ジョンソンが入ったでしょう。そしたら、後楽園に突然、星条旗持って走りまわる奴が出て来た。あれは奇怪な現象でしたね（笑）。

久美子　日本人が？

蓮實　そう。星条旗を走らせたのは、ジョンソンだけでしょう（笑）。

美恵子　それは奇怪ね。

蓮實　でも、星条旗はおかしいんでね。あれは南軍の旗じゃなくちゃいけない。それと彼をヤンキーって呼ぶのも間違い。彼はアトランタ・ブレーブス出身だからね。ジョンソンのイメージというのは、ぼくに言わせれば、絶対に五十年代のアメリカ映画の南軍の中尉だよ。

美恵子　ベン・ジョンソンね（笑）。『黄色いリボン』の時のさ。

蓮實　ウンウン。だけど、ジョンソンぐらい外人選手の中で、ファンに失望された人も珍しい。ところが、ぼくはジョンソンが好きでね。あんなにすばらしい選手は見たことないですね。あの人を見てると胸がドキドキして顔があからむ。ほとんど同性愛的に彼を愛しましたね（笑）。彼はぼくにとって、いにしえの東大の瀬川選手以来のスターだな。瀬川がサード前にバントして、一塁にヘッドスライディングするのを見て、野球に目覚めたんだから。あの人が、映画監督の瀬川昌治に違いないと、確信してるんだけど。

美恵子　へえ。瀬川さんの『瀬戸はよいとこ・花嫁観光船』って見たけど、傑作ね。

蓮實　そうでしょう。あの人が作る映画なんだから、つまらないわけない。で、星条旗が走りだした頃からね、お客がバンザイをしはじめた。これも、かなり奇怪なことですよ（笑）。王がホームラン打って、子供がバンザイするのはわかるけど、大の大人が、ひたすら、バンザイ、バンザイ。

美恵子　あ、それは、セ・リーグでしょう。

蓮實　気味悪くてね。ああいうのが、セ・リーグ野球の甘さだね。

美恵子　でも、残念ながらパ・リーグの試合のはじまりは、〝君が代〟が演奏されるのよ。〝君が代〟が鳴るとね、あっ、これはもう駄目だって、気分が沈みこむのね。気味悪いどころか、野球を見る気力が失せるのよ。今のところ誰も立ったりしないけど（笑）。

蓮實　そのバンザイが出てから、これは社会現象として、どこかの雑誌が大特集をやるべきだと思った（笑）。〝君が代〟野球かバンザイ野球かといったキャッチフレーズでね。
美恵子　バンザイする人って、昔、昂奮してグラウンドになだれこんだ人たちと結局は同じだったかもしれないけどね。

非スポーツ的なテレビの野球

蓮實　野球に対する熱が、妙に変化して来ているって気がしてね。週刊誌のスポーツ欄だって企業管理のイメージから分析するだけじゃなくて、社会現象として、社会学者が何かやったらいいと思うんですけどね。ところが社会学者は、そうした現象を避けて通ることで、かろうじて社会学者の肩書きを維持してるわけだ。
久美子　社会学者も何かに管理されているのよ、きっと。
美恵子　ウチに来る編集者たちも、プロ野球ニュースを必ず見てるわね。
蓮實　それもかなり深刻にね（笑）。野球を管理制で評価したり、やっぱり不健康ですねえ、最近は。
久美子　どうでもいいと思いながら、阪急が敗けるとすごく嫌な気分になるのね。ちょっと深刻よ、それこそ（笑）。阪急が管理野球なんて言われるけど、それは違うのよ。要するに、彼等って、上田が言うように職務に忠実なのよ（笑）。それが、プロだからというのじゃなくて、お金が稼げるからっていうのが、ハッキリしていていいのよね。強くなって、お金を稼げば、いい暮しが出来るし、結局、それが勝つことにつながるわけよ。そういうことに対して文句を言うことは誰も出来ないでしょ。それだけでやっているって感じ。いかにも、職業人がやっている野球なのね。

蓮實　職業野球って呼んでたものね、昔は。ぼくは、堀内が好きでね、あの人はそれこそ巨人ただ一人の職業野球人でしょう（笑）。ところが、最近の後楽園へ行くと、まわりの女子供が「小林さーん、投げてェー」って黄色い声で叫んでるわけね。

久美子　そうねえ。（笑）。高田（繁）や柴田（勲）みたいな、スポーツ選手というより、スターみたいな人が巨人軍って多いのよ。いつも、自分が見られているって表情してるでしょう。あれ、ほんと、いやね。

蓮實　ぼくが、柴田がプロじゃないと思うのは、調子が悪いと必ず見逃がしの三振をするから。うそでもいいから、振って三振すりゃいいのに、どうしてああなんだろう（笑）。

久美子　野球は、勝った負けたじゃないし、チームとかなんとかでもないのよね。結局、一人一人の選手がどう、打って、守って、走るか、という動きが面白いんだと思うわ。

美恵子　そこが、他のスポーツと違うところかもしれないわね。特に野球は、テレビを見ていると、見るところが限定されてしまうから、イライラするのね。見たい人の動きが見られないわけだし。

蓮實　見方が非スポーツ的ですよ。テレビは。淡口（憲治）がカーブを打てないというのは、テレビを通じて、日本国民全員が、知ってる。すると、当の淡口までが、テレビ画面では、カーブは打てませんって顔で写っちゃう。それから球場で見るとね、中塚とか井上とか、あーあ、俺たちゃ、こんな馬鹿に見守られて野球やってるなんて、ついてないなあって顔で、ボソッと守ってる姿なんか、見ていて嬉しくなるよ。何かに耐えてるって、感じでね。そんな姿は、テレビに絶対うつらないからね。

（一九七八年十一月六日　目白・金井宅にて）

あとがき

しばらく話をしているうちに、パッと顔が輝いたとしかいいようのない表情をする人がいるものだ。大抵そんな時は、好きな人の話とか、動物だとか植物だとか、好きな映画とか、ようするに好きな物の話をしている時なのだけれど、私が世の中でよい人だと思う人達は、「パッと顔が輝やいた」のを見たことのある人達だ。そんな批評を信じているわけではないが、私は人の悪口を言っている時、顔を輝やかせていると言われる。

蓮實さんはとても端正であるが（持っている鞄さえ大きく端正である）優雅で大き

な草食動物のように時に（ことに文章のなかで）暴力的であることを誇示する。そしてその顔はたとえばジョンソンのことを話す時など子供っぽくパッと輝く。端正というものを動物と子供にしか私は感じない。

まったくコントロールも野球もない、ただの暴投の私達のお喋りを、名キャッチャーとしてリードしてくださったのを感謝します。

（久美子）

A Mad Tea Party

メリイ・ウイドウのお話

Guest
武田百合子

武田百合子（たけだ・ゆりこ）

一九二五年、神奈川県横浜市生まれ。五一年、作家の武田泰淳と結婚、取材旅行の運転や、口述筆記など、夫の仕事を助けた。七七年、夫の没後に刊行した『富士日記』により田村俊子賞を、七九年、『犬が星見た――ロシア旅行』で、読売文学賞を受賞。他の作品に、『ことばの食卓』『遊覧日記』『日日雑記』などがある。九三年、死去。

まえがき

何年か前、あるパーティでその種のパーティには珍しい非常に美人さんに会った。それが武田百合子さんだった。そしてそれからおつき合いが始まったのだが、私としてはパーティで紹介された人と親しくなるなんてのは、〈結婚〉や〈海外旅行ツアー〉と同じぐらい縁遠いことだったのである。百合子さん自身も話もいつもどれも小市民でない。そうするとじゃあ庶民的なのかというとそうではない。そういう発想を無効にしてしまうのだ。私は毎日、テレビやラジオや新聞や雑誌でチンプな、紋切り型の人々を見たり、言葉を聞いたりしているが、百合子さんは、それらの発言や表情のばかばかしさとは離れたところでイキイキと生きている人なのである。『話の特集』のSさんがこの鼎談（そんな立派なものになることはまずないと思うけども）の企画をお話し下さった時、百合子さんをゲストにお呼びしようとその場で決めてしまった。百合子さんの魅力を、もしかしたら『富士日記』をまだ読んでいない『話の特集』の若い（若くもない人もいるのかしら）読者にお知らせしたかったから。それと、ともかく私がそろそろ一緒にお酒でも飲みたいなと思っていたのです。

（久美子）

百合子　この本、『話の特集』だったわね、私、すぐ『面白半分』と間違っちゃうんだ。

美恵子 あら、それは困るわね（笑）。『話の特集』をよく読むんですか？

百合子 花子がよく買ってくるから。それを時々、読んでたけど、花柳幻舟《はなやぎげんしゅう》と長谷川きよしって人達の対談って面白かったわね。相手がいいと、ものすごく面白くなるの。

美恵子 長谷川きよしって何なの？

久美子 歌手よ。

美恵子 アア、そうか。

百合子 あの人、面白いね、やっぱり。

久美子 花柳幻舟は、この間テレビに出てるの見たわ。久野収って人と。

百合子 あれ面白かったわね。久野収先生の本の宣伝みたいな番組だったのに、最後の方になると、花柳さんが、「この本、ダメ」なんて言い出して、しょんぼりしたわけね、久野先生は（笑）。

久美子 久野収は、そんな所へ出て来ることなかったのよ。

美恵子 あのてのインテリはケンキョだから花柳幻舟的女を好きなのよ。

久美子 でもさ、久野さんなんて人は、花柳幻舟みたいな女の人が恐いんだろうと思うわ。ああいうインテリにとっては、強い女の人っていうイメージに映るんじゃないかな。

美恵子 それはそうね。まあ、凄味があるものね。

久美子 だから、自分の出した本が「ダメだ」なんて言われると一言もなくなっちゃうのよ。

美恵子　久野収に限らず、普段、進歩的なことを難しく話してる人なんてのは、女の人の前に出ると、顔がダラッとしちゃうタイプなのかも知れないね。それとは全然別の意味でつまり、もちろんいい意味で、島尾（敏雄）さんって、そういうタイプなのよ（笑）。わたしは、好きだな。

百合子　（笑）

久美子　百合子さんの前では、どう？

百合子　あたしは、ああいう顔の島尾さんしか見てないわけじゃない。他の島尾さんの顔ってしらないもん。

美恵子　ああ、そうか。ゆるんだ顔の島尾さんしか見てないわけね（笑）。

百合子　あたしのいない時の島尾さんって見たことないわけじゃない。千里眼じゃないんだから（笑）。

美恵子　島尾さんって、愛想のいい人ではあるわね。それに、これを言ったら少しまずいかもしれないけど、女の人が好きなんだな。

久美子　武田泰淳もそうだと思うな。あの人も女の人が好きなタイプの人よ。

百合子　そうね、ものすごくお愛想いい（笑）。

久美子　奥さんの選び方で、それが分るわね。武田泰淳が百合子さんを選んだってことと、島尾敏雄がミホさんを選んだってことで。それは、やっぱり、もしかしたら、自分の方がかなわないって思ってるんじゃないの。

美恵子　尊敬してるってことだと思うけどね。

百合子　そうかしら。あたしはねえ、尊敬なんて全然してないと思うわ。

久美子　社会的な意味での尊敬じゃないわよ、それは。

百合子　でも、ウチに来る女の人には、全部お愛想よかったわよ。馬鹿にしてたんじゃないかしら、女のことを。

美恵子　そんなことないと思うな。

久美子　『森と湖のまつり』にしても『貴族の階段』にしても、それから飛行機を操縦する戦後の小説なんて読んでも、いつも女の人は強いものとして出て来るのよ。主人公の男より、すごいものとして出て来ると思うわよ。

百合子　女がメチャクチャに食べたり、飲んだりとかね……。

美恵子　『もの食ふ女』ね。

百合子　そういうエネルギーとかね、昨日言ってたことと、今日言うことが違ってても平然としているところなんか、敗けちゃうって思ってただろうけど、それは尊敬とは違うんじゃないかと思うね（笑）。

美恵子　泰淳さんって人は、インテリとしては珍しく昨日と今日言うことが違うということに対して平気な人だったと思うけどね。
久美子　深沢七郎とかね。
美恵子　そうね。ま、深沢七郎はインテリじゃないけどね（笑）。でも、百合子さんに、泰淳さんは、いつもそういうことでびっくりしてたんじゃないの。
久美子　そういうところに魅力を感じてたんだと思うわ。
百合子　びっくりもしなかったと思うけどなあ。
美恵子　それはさ、夫婦になると馴れちゃうということもあるだろうし。でも百合子さんは他人をびっくりさせる人ではあるもの。
久美子　やっぱり驚異なのよ。百合子さんのしゃべることなんかも含めて、日々新鮮な驚きがあったと思うわ。
百合子　あたしなんかは、テレビ見ながら、このアナウンサー変な顔とか、あッ、この顔キライとか、内容と関係ないことばかり言ってる女なんだから、馬鹿ばっかり言っていると思ってたと思うけどなあ。
久美子　だから、そういうことも含めて驚異なのよ。だって大ていの人は内容について、りこうぶってベチャベチャしゃべるのよ。
美恵子　深沢さんにも百合子さんみたいなところってあるんじゃないかな。何を言ったかより、顔が馬鹿な顔してるとか、そういうことの人でしょう。だから『文藝』の百合子さんとの対談って、本当に気が合ってたわね。それに、あれを読んで気づいたのは、武田泰淳が愛したものがしゃべっているということね。

百合子　愛したものね（笑）。

美恵子　ごめんなさい（笑）。でも、愛した人じゃなくて、愛したものというところがいいんだな。『富士日記』を読むと、そういうことがよくわかるわ。

百合子　でも、あの対談では、深沢さんはものすごいサービスだったわよ。あの人は、とても義理・人情に固い人なのね。あれは武田が死んで十五日目ぐらいに対談したのね。あたしは、深沢さんが死んじゃうんじゃないかという気がしてたから、会いたいと思ってたでしょ。で、行ってしゃべったんだけど、ものすごいサービスだったのよ。普通、あの人が対談すると相手を喰っちゃうじゃない。だから喰わないように努力したんじゃない、あたし、そう思う（笑）。

美恵子　そうなのかしら。たしかに、百合子さんの方が深沢さんを喰っていたわね。

百合子　やっぱり、亭主死にたての未亡人だから、そういう喰われ方をしてたかもしれないけど。だけど、対談が延々と続いて終った時、「アア、女言葉でオレ、今日しゃべっちゃったよ」って言ってたもの、深沢さん（笑）。それ聞いた時、あたし、「まいった」と思ったわね。ヤクザみたいな義理堅さがあるのね。

美恵子　あの対談の中で、武田さんが、深沢さんにキューピーをあげる話が出てくるわけだけどね。キューピーに白髪を貼りつけるなんていうのは、もっとも深沢七郎的な部分なんだけど、それを感覚的にわかる武田泰淳という人はすごいし、それを面白がる百合子さんもいいわけね。

久美子　『楢山節考』で中公新人賞を受賞した時の話ね。そのキューピーが「おりん」なんだからおかしいわよね（笑）。

百合子　武田っていう人は、お祝い事のある時に、お祝い持ってったりするのが好きな人で、「深沢さんにキューピーあげる」と言われても全然、不思議じゃなかったの。それで、「このキューピーをおばあさんにしてくれ」って言うから、あたしは、白髪と、陰毛も白髪にして、一所懸命にセメダインで貼りつけて作ったわけね（笑）。

美恵子　あれを読んで、本当に唖然としたわね（笑）。なかなか、そういうことっていうのは知識人の発想じゃないからさ、出来ないことなのよね。

百合子　武田っていう人は、おかしな人でね、プラスチックの庭石っていうのがあるじゃない。コケまではえたソックリなの。ああいうのが、売れはじめた時、広告に出たのを見てものすごく欲しがったのね。あたし、いやだって言ったの。こんなの富士の山荘いけば本物がゴロゴロしてるし、いらないって言ったらね、こんな本物そっくりなのはないし、面白いから是非、デパート行って見て来てくれって言われたことがあったのよ（笑）。

久美子　それで買ったの？

百合子 買わないわよ。そんなの買ってもアパートのどこにも置けないもの。それから、加藤唐九郎って人の、すごいニセ物があったでしょう。
美恵子 ウンウン。
百合子 それでね、ニセ物だって、こんなにちゃんと作って、本物ソックリだっていうのは、本物を作るより、大変だ。大変だ、大変だって言ってるのね（笑）。
美恵子 武田さんっていう人は、本物でもニセ物でもどっちでもいいっていう人だわね。むしろ、本物に悪意があったのかもしれないな。
百合子 それ、どうかよくわかんないけど、ウチには全然、いい物がないわけね。ニセ物でも平気な人だったわねえ（笑）。
美恵子 それがもし本物の石だったら、きっと欲しがらなかっただろうって思うわねえ。
百合子 そうかもしれない。全然、ウチには壺とか絵とかというものがないのね。だから武田が死んで相続の時、申告っていうのをしたんだけど、何にもないから、家財道具ということで、茶碗なんかも申告したわけ。でも、そんなのいくらでもないのね。それで税務署の人が不思議がるというか、あんまり少ないんで怪しんだらしくて、ウチを見に来たわね。どうして来るのかと思って計理士の人に聞いたら、作家っていうのは、日本刀とか壺みたいなものを持ってるもんだって言うのね（笑）。そういうイメージがあるから、税務署が隠してんじゃないかって怪しむんだって言うのよねえ。そういうのって、あるんじゃない。週刊誌のグラビアなんか見るとさ。

久美子　あるある。小林秀雄と川端康成と三島由紀夫よ。日本の作家っていうと、その三人のイメージじゃない。この前、お宅に遊びに行った時にデューラーがかかってて、ひょっとすると本物かもって思ったけど、あれもニセ物なんでしょう（笑）。

百合子　そう、ニセ物（笑）。

美恵子　だけどさ。武田泰淳・小説家っていうと、小説家にどれぐらいの収入があるかどうかでなくてさ、やっぱり、知的な階級としても特権的だと、思ってるわけね、一般的に言って。そいでつい、本物のデューラーがあっても不思議じゃないのではと（笑）。そう、チンピラ作家としては思ってしまいます。

百合子　税務署の人なんて、雑誌のグラビアなんかに出てる、いい和服を着て、床の間を背景にして、気取って、日本刀を抜いてながめているという小説家のイメージを、武田に対しても持ってるのねえ。

美恵子　もちろん、壺や日本刀を持ってる人というのはいるとは思うわよ。だけど、どういうタイプの作家かを考えれば、そのデューラーの版画が本物かニセ物かというのがわかるんだけどもね（笑）。だから、見たことはないけど、江藤淳のところのローランサンは本物（笑）。でも残念ながら大岡昇平さんのゴーギャンも本物じゃないかなあ（笑）。

久美子　女流作家だと、いい和服とか香炉みたいなものを持ってるイメージがあるのね。

その和服だって、デパートで買ったとかっていうんじゃなくて、人間国宝級の人の織った帯とかつけ下げとか、そういうものをお召しになっているというね（笑）。美恵子が女流作家でそんなことはないというのが良くわかっているのに、そういう女流作家のイメージってやっぱりある。例えば、中里恒子とか円地文子とかは、人間国宝の帯なんかをしめてそうな気がするわけよ。

百合子　「百人一首」の絵にあるような感じの背景の中で、書いたりするでしょう。両側が上にそったような机で書いてるのよね（笑）。撮影する時に、片付けて写すんだろうけど、そういうふうになってるから、税務署の人は思い込むのよ。だから、あれはね、特別に撮影のためにやってるんで普段は、そんな生活してないんだっていくら言ったって、聞きゃしないのね（笑）。

美恵子　そういうもので充満してると思うのね。

百合子　そうなの。あの人達は、作家がそういう場所に居て、そこはかとなく漂うイメージで物を書くんだと信じちゃってるのね。だから、必要経費というものをおとすというのは無理はないし、作家というものはそういうもんなんでしょうなあって、言うのよ。それがけしからんというんじゃなくて、いいなあ、いい感じだなあ、そういうところからじゃないと、いい小説は生まれないんだなあって思うわけでしょうね。

美恵子　だけど、武田泰淳のところに、日本刀があるだろうって考えることは、小説を読んだことのある人間には異常に思えるわね。

百合子 しかし、本を出すことの有難さっていうのを、その時、ちょっと感じたのね。税務署の人が『富士日記』を読みましたなんて言ってね、あれを読むと、あんまり贅沢な暮しをなさってないようだっていうのね（笑）。そう言ったわよ。いいんだか、悪いんだかわからないわねえ。

美恵子 だって、あれは富士でのことだものねえ。お店もないわけだし。そうねえ、『富士日記』が出たころ、これじゃ、だいぶたまったでしょうって言われたって、おっしゃってたわねえ（笑）。

百合子 そうそう、言われたわねえ。あの本を出した時、そんなことばっかりみんなが言うんで、いやになっちゃった、あたし（笑）。

美恵子 『富士日記』って『海』に載ったんだけど、あれを書き始めたキッカケって何なの？

百合子 あたしは、全然日記なんかはつけない人間だったけど、武田から、山に来れば書けるだろうって言われたのよね。私は山も都会も同じなんだけど、武田は都会育ちだから、山へ来るととても初々しいわけ。あたしは、全然、初々しくないのね、疎開なんかしてるから。それで、都会の生活は忙しいから無理だろうけど、山に来てる間だけでも日記をつけてみたらどうか、というより、つけてみるか、と武田から言われたの。面倒くさくてねえ。日記というのは、だいたい三日で終るものだし、ウソ八百だからねえ。だめだ、つけたくないって言ったら、何でもいい、献立でも、その時面白いと思ったことだけ書けばいいし、反省は必要ないって言われたのよ。その時は、何ていうのかなあ、それは武田があとでね、小説家だからこの時、どういう天気だったとか、その時、どんな人が来たかぐらい、寒い暑いぐらいがわかればいいのかっていうふうにちょっと思ったけど。

美恵子　メモみたいにね。

百合子　そうそう。記録でつけてったわけだから。何ていうかなあ、そういうもんね。面白かったら、どうってことなく一杯つけてもいいわけでしょ。あたしは面白いと思った時に、ダラダラとつけちゃっただけのことだから。だから続いたんだと思うなあ。日記なんて、ウソですよねえ。

久美子　それは重要なことよ。日記なんかウソですよねえ、なんていうのは全ての文学者に言ってもいいんじゃないかしら。声を大にして言ってもいいんじゃない。で、その話を聞いた時に武田泰淳のためにちょっと涙ぐんじゃったわね。だから『富士日記』をホントのことだと言って読むような人達というのはとてもいやだな。事実だから小説ばなれした今の時代に受けるんだって人もいるわけだし。武田泰淳は作品を生きたと思うのね。『富士日記』を読んで、武田泰淳の小説を読むというのは感動的だけど別のものよね。

百合子　だけどねえ、武田はきっと、あたしが『富士日記』を発表したから、向うでカンカンになっておこってると思う（笑）。あの世なんてない方がいいと思ってますね。
美恵子　でも、何をやっても許す人だと思うな、武田さんは。
百合子　家計簿みたいなものを臆面もなく出してっていうことじゃないかと思うよ。さっきの美恵子さんのどうして日記をつけたのかという問いに、もう少し詳しく答えると、武田が『富士』を書く前のことだけど、編集者が来て、せっぱつまっちゃってたわけよね。書くってったって書けないもんね、そう簡単には（笑）。何だかしらないけど書けないもんだから、実は、この辺のこの方面のことを書こうと努力してますぐらいなことは言いますよね。言わなきゃ、編集者に悪いもん。女房にメモをつけさせているぐらい言ったんじゃないかと思うのね。そのメモを素材に書きますぐらいなことは言ったかもしれない、あとのことはどうかしらないけど。それで、お通夜の時に、中央公論の人から、そういう文章があるそうだけど、追悼ということでそれを発表させてもらえないかと言われたのよ。武田は面会謝絶っていう形で死なせたでしょう。誰にも会わせないで、臨終も花子たちで看とるという、今で言えば原始的な事考えてたからね（笑）。あたりの人に突発的に急逝したって思われるような形で死んじゃって申し訳ないって感じがあった。それじゃ死ぬ時の夏ぐらいからの日記があるからそれを出せば、急逝したような印象を与えたけど、本当はこんなだったんですよって言える気がした。供養のつもりでおそるおそる出したわけね。毎月、ホントにおそるおそるだったわね（笑）。

美恵子　『目まいのする散歩』なんていうのは百合子さんが口述筆記で書いてたわけでしょう。そういうことなんかで、何て言うのかな、武田さんの方は自分の死期が近いなんてことを知ってて、文章を書かせるということで一種の教育をしたみたいな意見というのも聞いたことがあるね。

百合子　あるのあるの。ありますねえ。

久美子　『富士日記』にはこまごまとした献立が書いてあったりして、あれはすごく面白いんだけど、わたしが一番ショックだったのは、ああいうところにいたからかもしれないけど、朝からトンカツ食べるっていうことね。

百合子　ウチは、東京にいてもそうなの（笑）。

久美子　つまり、わたしがびっくりし、かつ共感したのは、朝だから軽いもの食べるというのじゃなくて、トンカツ食べるというセンスが良かったのね。朝からライスカレーとかギョーザとかトンカツを食べるというのに、一番共感しました（笑）。百合子さんがすごいのは、生活感覚のすばらしさなのよ。

『富士日記』とか『犬が星見た――ロシア旅行』なんか読むとわかるのは、人間には過去とか現在とか未来とかがあるわけだけど、それが出て来ないのね。その場その場の対応の仕方がすごく魅力的だと思うの。いいなあって思う。

百合子　そう言われると、やっぱり嬉しいわねえ（笑）。

久美子　『文芸展望』に堀田善衞がスペインまで船でいく話があったでしょう。それは面白いことは面白かったんだけど……。

美恵子　あれに比べると百合子さんの『犬が星見た』の方がずっと面白かったわね。

久美子　そうなのよ。

百合子　そうかなあ?

久美子　堀田善衞というのは結局はインテリだからね。

美恵子　面白いことを書くんだけれど、ちょうど同じ時期に、両方を読むと、やっぱり『犬が星見た』の方が面白かったわね。インテリがまるで駄目ってわけじゃあないんだけどね(笑)。

百合子　あたしは、あんまりいろんなものを読まないんだけど、時々、自分のものがおもいがけなく活字になったりすると、ここで納豆売ってるけど隣の納豆がどうなってるのか、自分では買わないけど、ウチに送って来る本を見たくなるのね。そうすると、なんとか紀行なんてのがあって、他の国ならいいんだけど、ロシア紀行なんていうのがあったりする。そういうの読むと、あたしのはサギじゃないかと思えてくるわね。むこうは納豆の中にいろんなバクテリアがこもってるのね。美術にしろ、何にしろ、ちょいと私は出したんですよっていう感じで余裕というのか、大きな三角形のさきっぽをチョコっと出しているっていう感じで書いてあるわけね。あたしのはね、便所に行ったァ、喰ったァ、寝たァって、バーッと出しただけでね、犬がワンワンってほえた感じだからねえ(笑)。

美恵子 一般的に言うと、紀行文なんて書くのは知識人だからね。ロシアとか中国とかヨーロッパとか行くわけだけど、そういうところしか見えないわけよ。読む前から何が書いてあるのかわかっちゃう。読む必要がだからあまりないのよ。ところが百合子さんのは、何が書いてあるのか読まなきゃわかんない。それが面白いのね。

百合子 そうかねえ。

久美子 だからね、ちょっと恥かしいけど言うとさ、ブリ・コラージュみたいなもんでしょう。レヴィ＝ストロースの器用仕事というのは、文化人類学者の姿勢、あるいは方法としてああいうことをやったんだけど、百合子さんの紀行文というのは、自分が生きているという感覚そのものが、ブリ・コラージュだという面白さがあるのよ。

美恵子 大江健三郎が文芸時評で『犬が星見た』をほめたわけだけど、あれなんかガルシア＝マルケスの小説に出て来る女性的なものと同質の圧倒を感じたということなんだろうなあ。

久美子 それはインテリとして生きる人間っていうのはさ、そういう瞬間瞬間に生きる感覚というのを抹殺して来たんじゃない。もちろん、エッセイは別にして、大江健三郎の小説はそれだけではかたづけられないけど。だから武田泰淳のすごさというのは瞬間瞬間に驚くことの感覚を忘れなかった作家であるということなのよね。

美恵子　深沢七郎もそういう人よ。

久美子　そうね。だから武田泰淳が、百合子さんと深沢さんを見た時、どれだけ驚異に思ったかと思うわね。

百合子　あたしだって、チョット反省したりもしてるわけよ（笑）。だけど眼前のことの方が強烈だもんねえ（笑）。そうなっちゃうってわけなんだけど、犬みたいねえ（笑）。食べたり飲んだり寝たりってばかりで、まるで犬猫ねえ。

久美子　犬猫じゃなくて、昆虫よ（笑）。

百合子　あ、昆虫と思う。あたしね、時々そう思うことがあるのね。だけど、そういうことを言うととても大げさな感じがして言わないけど、あたしって、あの、ベンジョムシみたいなんじゃないかしらって思うことあるよ（笑）。久美子さんが、ウチにいる時はパジャマでいるって言ってたでしょう。あれ聞いてっからよ。あの前はパジャマじゃなかった。金井姉妹がやってるんだったら、ウチの親子もやっていいだろって思っちゃったのよ。柔かくって、いいのよねえ（笑）。ゴムがゆるいのもかまわず着てるのね。楽なのよね、本当に。老化もしてるしねえ。あなたたちは若いからわかんないかもしれないけどね、老化というのがありましてね（笑）。この老化というのはすごいのね。半年ぐらい前だけど、朝起きたら、体がこわばってるのよ。両手の指がまがったままになってカチカチになってるのね。目がさめて、アレッと思って、指をのばすんだけど、のばすとそれで平気になって普通の人になるのよね。それはね、関節の老化とか言って、みんなあるんだって、バアサンになると。そういうふうになった時、あたしはね、びっくりしちゃったね。まるで昆虫の足みたいなの（笑）。ベンジョムシというのが、便所にいるのよ、知ってる？　昔の便所にはいたのよ。その虫をしゃがんで見ていると、虫だけが感じる恐怖みたいなのがあるらしくてサアッと一杯集まって、コロコロにまるまっちゃうのよね。それから、またパアッと元に戻ったりするのよ。それを思い出したら、こりゃあ、あたしもベンジョムシになっちゃった方がいいなんて思ってね（笑）。

テレビなんかで見ると、未亡人なんぞというものは、スーッとベッドから起きてさ……。

久美子　悩ましげで、たおやかでという、あれね。

百合子　あるでしょう、ね。ネグリジェきたりして。そういうふうなのも、ちょっとやったことがあるね（笑）。

美恵子　でもさ、口をはさむわけじゃないけど、未亡人になって、まだ二年でしょう。少しっかやらないのね（笑）。

百合子　やっていようと思ったけど、なにしろ、手がそんなんじゃねえ（笑）。茶色いような手を、のばしたり握ったり、朝起きた時やってるでしょう。それでこの差を縮めなきゃとハタと気づいたのね。それからは、たおやかに起きるのなんてやめて、ベッドからかけ布団を体にまきつけたままゴロゴロと床にダーンと落ちることをはじめたわけ。それから、ノソノソと出て来るのね。それから水飲んだりする（笑）。

久美子 わたしも、起きる時、ジャングルをかきわけるように起きるって言われるわ。この間、幸田文の『流れる』って小説読んだんだけど芸者っていうのは、常に隣りに人がいるということを想定して起きるんだって。

美恵子 『流れる』の芸者のおかみさんは五〇歳ぐらいだったわよね。

久美子 そうなの。それにくらべてわたしは、美恵子が言うには毛布のジャングルをかきわけかきわけ起きるっていうのね。たおやかに起きようとか、隣の相手を想定して起きるなんて考えたことないものね。なるべく楽に起きることばかり考えているわけよ。

美恵子 楽に起きたいなんてことはないと思うな。だって、起きるのがイヤでしょうがないんだから。

久美子 そう、ずっと寝てたいわね。だからいつまでもパジャマでいたいのよ。

美恵子 自分より年上の方を前にしてわたしたちが年をとったなんていうのは妙だけど、自分で年をとったなあって思うことがあるのね。

百合子 何なのそれ。聞きたい。

美恵子 朝、起きると口をあけてヨダレ流してるわけ（笑）。疲れてるっていうんじゃなくてね。ああ、年をとったなあって、そういう時思うな。まだ、三十一歳なんだけどね、わたし。こうなると恋愛は不可能って気がするね（笑）。

百合子　大丈夫、そのぐらいなら大丈夫。そんなことは誰も知ってません（笑）。

美恵子　まあ、先に起きればいいわけだけどね（笑）。でも、そんな気力がないのよね、もっと寝てたいと思うから（笑）。先に起きるという気力がなきゃ恋愛は出来ないわねえ（笑）。

百合子　何言ってんのよ。あたしぐらいの年になると、寝起きじゃないわよ、寝入りばなに口あけたって気がするわよ（笑）。それでね、最近は、なかなか寝つけないんだけど、寝てるかなあ、起きてるかなあ、なんて時に、突然、ガーッっていう大きな音で目が醒めるのね。寝入りばなから、口あけてイビキかいてんの。イヤになっちゃうわねえ（笑）。あたしは、女は退職よね、お局にもなれない。大奥お局って、三十歳でなんのよ。美恵子さんなんて、大奥なんとかの局ってとこよ。

美恵子　おしとね御辞退よ（笑）。

（一九七九年一月八日　金井宅にて）

あとがき

『富士日記』や『犬が星見た』を読んでもわかるように、百合子さんはとても魅力的な女性だが、実際にお会いして、お酒を飲みながら話をすると、あの二つの日記の生命力の持ついきいきとした可愛らしさが、ますます良くわかる。可愛らしいと同時に百合子さんは暴力的なまでに知的だ。

会って話をするたびに、わたしはアシ毛で額に白い星のある美しい野性の牝馬を連想する。こういう馬はめったに乗りこなせるものではなく、なまなかなインテリは、この馬がちょっといななないいただけで、恐怖に青ざめ怖れをなす。武田泰淳であってこそ、はじめて乗りこなしたといいたいところだが、この野性の牝馬にして陽気なる《メリイ・》未亡人《ウイドウ》の優しさは、この会話を読めばおわかりのとおり、回転木馬《メリイ・ゴーラウンド》のように優しくなめらかな魅力ともなる。大岡昇平さんの言葉をかりて簡潔に言えば、「武田の女房は頭が良くて美人」ということに、やはりつきる。

（美恵子）

A Mad Tea Party

言葉のお話

Guest

西江雅之

西江雅之（にしえ・まさゆき）

一九三七年、東京生まれ。文化人類学・言語学者。早稲田大学大学院文学研究科修士課程修了後、フルブライト奨学生としてUCLA大学院アフリカ研究科に留学。帰国後、東京外国語大学、早稲田大学、東京芸術大学などで教鞭を執った。東アフリカ、カリブ海地域、インド洋諸島、パプアニューギニアなどでフィールドワークに従事。アフリカ諸語、ピジン・クレオル諸語の先駆的研究をなした。現代芸術関係の分野での活動も多い。主な著作に『花のある遠景』『ヒトかサルかと問われても』（半生記）『アフリカのことば』『ピジン・クレオル諸語の世界』『写真集 花のある遠景』などがある。二〇一五年、死去。

まえがき

こういう時代のこういう世界で、頭がよくて優秀で他人から百目くらいおかれちゃう人はいっぱいいいると思う。でもそういう人は、時代が違ってたり世界が別だったらノロマとかグズとか役たたずとか言われる可能性が人一倍あるのだ。ところが西江さんは全くそういう人々とは似ていない。西江さんがもしネイティヴ・アメリカンの少年（それがチェロキーであろうと、アパッチであろうと）だったり、開拓民の少年だったり、戦国時代の少年だったらと想像すると嬉しくなってしまう。目のよい、足の速い狩りの上手い、そしてその世界でも頭のいい、音に（言葉も含めての）敏感な少年にまちがいないと思うからだ。もちろん指導者、武将には決してならない少年だ。私はいつもお会いする度に、西江さんの言葉と身ぶりに驚愕してしまう。一緒に遊んだり喋ったり、食べたりしていると、この世にはいろいろな世界があるということがまざまざと感じられるからである。そして健康な気分になる。

（久美子）

いつの間にか学者になった

美恵子　西江さんとはもうかなり前からお友達で、最初は、天沢退二郎さんとか、鈴木志《し》郎康《ろうやす》さんたちの『凶区』の同人たちに紹介されたわけだけど、その時は一体何をやっている人なのか知らなかった。それから、わたし達のアパートを捜していただいたりして、おつきあいが始まったわけですね。もう十年以上も昔ですけど。そして、西江さんが言語学者で文化人類学者であることを知って、いろいろ面白いお話を聞かせていただいてるんですが、どうも質問がわたしは下手で、いつもお聞きしたかったことを聞きそびれて、しまったと思うことが多いのね。今日も駄目でしょうけれど（笑）。

それで、言語学というよりは、「言葉」の話はよく伺っていましたが、西江さん御自身はどうして言語学を始めたんですか。

西江　これはね、やり始めたんじゃなくて、みんながやっていると言い始めたんですね（笑）。

美恵子　じゃ、文化人類学は？

西江　それも、やっぱり人がそう言い始めた（笑）。他の人でぼくみたいな仕事をやっている人っていうのは、最初から「何とか学」って名がついているものを学んで出て来るんじゃないですか。それで「何とか学」を教えたりするんでしょ。ぼくの場合はそうじゃなくて、みんながそう言うから、自分はそんなことやっているのかなって思ってるだけです。

『凶区』の人たちも最初は、ぼくを言語学じゃなくて、いろんな言語をやっている人間だと思ってたんじゃないのかな。ぼくはそれでいいんですけどね。

美恵子　西江さんは、いつでも言語学とか文化人類学とか、「学」とか「知」として話すわけじゃないんで、いわゆる専門の学者の先生の話をお伺いするのとは違いますね。
　だって、ほら、シーニュとかシニフィエとかシニフィアンとか、パラディグマとか、そういう言葉を使わないし、トリック・スターなんてことも言ったり書いたりしないもの。

西江　まあ、そういう傾向はありますね。

美恵子　でも、(ジャン・)ピアジェとか(ワイルダー・グレイヴス・)ペンフィールドなんて人たちのことは教えていただいたし、ルロワ・グーランなんかも、西江さんからお聞きして、本読んだりして面白かったんだけど、西江さんは、ノーム・チョムスキーのところにいたんでしょう。

西江　ええ。UCLAの大学院で授業を受けていたのが最初で、一九六五年頃でしたね。それから、ぼくは例のアミン大統領で有名になったウガンダに行ったりして、日本に帰ったんですが、ある研究所からボストンに行くことを頼まれて、MITやハーバードの人たちとチョムスキーのもとで仕事をしたことがあります。で、当時、チョムスキーの別荘がケープコッドにあって、そこで奥さんの手料理をごちそうになったりしたんですが、その頃の彼は、東アジアの現代史関係の本を山と積んで熱心に読みふけってましたね。
　でも、チョムスキーの言語学は、いまだによくわからないんですけどね。

久美子　それで、例えば文化人類学者なんて言われている人たちって、フィールドワークの成果というのか、ブッキッシュなものかもわかりませんが、それなりの研究の論文を発表するでしょう。京大の人文科学研究所の人たちとか、山口昌男とかいろいろいますよね。だけど、西江さんは、アフリカ特集の雑誌なんかには書いても、論文というあのなんとも立派な起承転結のある考えさせられる文章とは、おそろしく違いますね。

西江　そうですね。それはね、まだ論文が書けないからだし、それにあまり批判ということもしないからですよ。いや、批判しないんじゃなくて、批判することが見つからないんだな（笑）。

美恵子　知的なことをさあ勉強しようと期待して読む読者は、がっかりするのかもしれない（笑）。

まあ、いわゆる文化人類学者とか言語学者の書くものって、なんていうか、哲学的、思想的エッセイとして、いわゆる新しい思想――記号論とか神話学とか構造主義といった――を紹介しながら、その思想というか方法を自分が見たり聞いたり読んだりしたものに、上手にあてはめて、あれこれ批評するのよね。さも書いている本人の言葉という調子でさ。器用でスマートで知的で立派に見えますね。

ところが、西江さんの本には、そういう立派で知的なところとか、スマートな批評というのがないでしょ。それに外国の学者の引用もないから、重々しくもない。で、知識とか思想とか批評が語られてない、というのが西江さんの二冊の本で、一番魅力的だったし、感動的でもあったのね。
久美子　『異郷の景色』にメキシコに行った時のことが書いてありますね。国境の町の、まあ、不潔な環境といわれるようなところに小屋がたくさんあって、メキシコ人が住んでるわけですけれど、その人たちが、動物の死体や、剝いだ皮とか、わけのわかんない汚物が不快なニオイをたててる河原に出て来て、夕涼みの風にあたってる、と言うのね。
　西江さんは、そこに住んでる人たちを、常に不快なニオイに苦しめられている惨めな人たちというのではなくて、いやなニオイも当然一緒に運んで来る風から涼しさだけを感じる術を身につけている人たちだと思いたい、って書いているでしょう。たいていの旅行者というのは、少し良心的なところのある人たちのことだけど（笑）、その不快なニオイにまず貧困をかぎあてて、いろいろ考え込みますよね。メキシコとか、第三世界に対するよくある考え方よね、それは。河原の不快なニオイに我慢しながら、それでも住んでいる小屋の中の方が、この河原よりももっと悲惨なのだと思うのじゃないかな。深刻に、それこそがメキシコだ、なんてね。
西江　そして、そういう人はみんな貧困に味方するんでしょう、ね。ぼくにはそういう発想がないんですよ。
久美子　以前に、西江さんは『花のある遠景』でアフリカでのことをお書きになって、今度の『異郷の景色』では、そのメキシコの話や、ハワイとか、アメリカの他に新宿とか吉祥寺の話なんかも書いているわよね。西江さんって別にどこにいても、そこが「異郷」だとは感じない人だと思ったんですけどね。どこのことも同じように書くでしょう。

西江　『異郷の景色』っていうタイトルは出版社の方でつけたものだから、ぼく自身の感覚とは少し異なるんですが、ただ日本にいても母国という感じはあまりしませんね。

そうかと言って、どこでもいいという感じがしたことって、一回もないんですよね。あまり動くのも好きじゃないし。とにかく、そこへ来ちゃうと、しょうがないなってあきらめちゃう。もう一生涯そこにいるんじゃないかと思ってね。だから、くさいニオイのする所へ来ちゃえば、ここに自分がいるのなら、少しぐらい涼しい方がいいんじゃないかというふうに思い出すんですね（笑）。

美恵子　西江さんが、動くのが嫌いだっていうのは意外だな。いつも、どっかに行っていて、ここにはいつも不在という印象を受けるんだけどなあ。存在感がないってことじゃありませんけどね（笑）。

ところで、最初にアフリカへ行ったきっかけって何ですか。西江さんにはどうも謎の部分が多くて。

西江　あれはね、早稲田大学で、ケープタウンからカイロまで縦断するっていう計画があって、ぼくが外国の言葉をしゃべれるからって、さそわれて連れていってもらったんです。

美恵子　それはいくつぐらいの時ですか。
西江　一九六〇年だったから、二十二か三でしょうね。学校を出たばかりだったから。その頃は、ぼくはインドとかアフリカにすごく興味を持ってたから、喜んでついて行った。
美恵子　学校でアフリカの言葉をやってたんですか。
西江　いえ、いえ。ぼくは経済学科ですもん。ゼミでは中国の経済なんかやってたかな。
久美子　えッ。経済なの。知らなかったわ（笑）。
美恵子　ね。会うたびに新たな事実を知ることになる（笑）。でも、それでなんでアフリカの言葉が話せたの。
西江　それがわかんない（笑）。それ以前はインドとネイティヴ・アメリカンのことに凝《こ》っていたんですけど。小さい時から、ぼくは本が好きだったから、なんだか独学で言葉をおぼえたんじゃないかなと思います。
美恵子　それで思い出したんだけど、子供の時に『シートン動物記』を訳した内山賢次さんにいろいろ教えてあげたんですって？
西江　そうそう。あれは中学二年生ぐらいの時ですよ。内山さんからいただいた手紙を全部持ってますけど、内山さんという人は、ぼくの人生に大きな力を与えたと思いますよ。あの頃『シートン動物記』の後の方に、内山さんが不明の個所をいくつか挙げて、識者に問うみたいなことが書いてあった。ところが、ぼくはそれがだいたいわかったんで、ハガキで教えてあげたんですよ。それでね、そんなことが何回かあるうちに、向うからどうしても会いたいと言って来たから、会いに行ったら、十二、三歳の男の子が来たんでびっくりしてました（笑）。

美恵子　信じられないことだもの、それは（笑）。

西江　『シートン動物記』で不明の点というのは、ネイティヴ・アメリカンの言語の部分でそれはどんな字引をみてもわからないっていうことだったんだけど、ぼくはすぐ、ああ、これは（ヘンリー・ワーズワース・）ロングフェローの詩で「ハイアワサ」の中の単語だってわかった。だけど、中学生のぼくがロングフェローのそんな作品を知っていたのがわからないですね。ぼくの家族なんてそんなこと知りっこないですから。

美恵子　ロングフェローを読んでいたっていうのも、かなり不思議ですね。

西江　あの頃は、クーパーの作品なんかも好きで、よく読めもしないのに『ザ・パスファインダー』なんか古本屋で見つけてきていた。あれ、まだ日本で出てないでしょ。その他、今ごろになって必要になって来たスミソニアン研究所のネイティヴ・アメリカン研究論文なんかかなり手に入れてましたね。

美恵子　ロングフェローの詩を読んだり、ネイティヴ・アメリカン関係の研究書を古本屋で漁ったりしながら、それと同時に、といってもそれより少し前ですけど、（兵庫県）宍《し》粟郡城下村《そうぐんじょうしたむら》（現在は宍粟市）に疎開していた頃はシカを走って追いかけてつかまえたり、東京に戻ってからも、近所で狩りをしていたっていうんだから（笑）。それも独学なの？

西江　うん、まあね（笑）。ぼくは最近まで池袋の近くの東長崎という所にいたんですけど、そこではシャム猫を二匹飼っていたんです。東長崎という所は、ぼくが十歳頃にも住んでたんですが、当時は狩猟生活にすっかり慣れていて、実際にそういう生活をしてたんです（笑）。

で、シャム猫ですが、ぼくは、一週間以上家を留守にすることが多いでしょう。それでね、引っ越して来て初めての旅行の時に近所のソバ屋のおばさんに「留守中、猫の世話をお願いしたいんですけど」って頼みに行ったら、「何言ってんのよ。昔、ウチの猫を食べちゃったくせに」なんて、おこられた（笑）。

その頃は、そんなことしながら、近所の一般的な地図や、猫地図――猫の通路や活動範囲をかいたもの――や、犬地図、それから蝶の通路に関する蝶地図や、庭の蟻地図なんかも作ってました。あとは、猫に憧れて、毎日、垣根や二階からいろんなスタイルで地上に舞いおりる訓練をしていましたね。

久美子　どうも、その辺が「天才」としか言いようがない気がするわ（笑）。

美恵子　遺伝子のレベルで違うんじゃないかしら。肉体的に脚が速いとか手が速いとか、耳がよかったりする。鉄砲だって、走ってるシカになかなかあたらないもん（笑）。『ディア・ハンター』なんて映画は、鉄砲の弾があたるかあたらないかで、最初から最後までわあわあ騒ぎっぱなしのお話なのね。で、こういう映画についても、ほとんどの人は感動して批評したりしますね。走ってシカに追いついちゃうような人物は、今や、神話的人物であって（笑）。もっとも現在は西江さんはそんなに速く走れないでしょうけど（笑）。

　そういう人間だから、西江さんには学者的な、ブッキッシュというより官僚的なところとか、批評家ふうの語りたがり、みたいなところがなくて、事実を事実として書いているだけで、なんていうかいわゆる知識人を刺激するような「問題」を「問題」として批評するところがないでしょう。さっきのメキシコのことでもそうですけれど、ニオイと涼しさを分けることを、わざわざ貧困の文化などと、オスカー・ルイスなんかを引用するとか、そういうことがないんですね。批評家とか学者は、つい、そうしちゃうものね。知識に重点を置くからね。インテリは。

久美子　「問題」を考えたり、語ったりしなければいけないって、読者も含めて、そういう考えに毒されている節があるでしょう。

美恵子　うん。みんなすぐ議論や討議をしたがるし、文章を書くと真面目に問題を深く、まあ浅い場合もあるけど、論じちゃう。

新しい言葉が生れる

久美子　「日本語」というのも論じられたわね。もう、流行遅れの問題かもしれないけど

（笑）。日本語の乱れとか、美しい日本語とか、一昨年あたり、にぎやかだった。大野晋の日本語のルーツ論みたいなのもあったし、丸谷才一のは、あれは文章論ていうのか、小説家の特権意識のちらつく文化論でしたけど。日本語について、西江さんもあの頃はかなりいろんな方から質問されたんじゃありませんか。

西江　ぼくの知っているほとんどの人は、一生懸命答えるわけですね。しかし、ぼくなんかは、一生懸命答えようにも、雑誌や新聞、テレビで話題になっていることもほとんど知らないから、わかんないんです。だから、ほんとに答えられない。だけど、日本語の乱れの話題については、自分でも少しは考えたことがありますが……。

久美子　例えば、ハイチとかアフリカとかへ西江さんは行ってて、そのことが本にも書いてあるんだけど、植民地だった土地の言葉、クレオル語だとか、ピジン・イングリッシュっていうのがありますね。そういう言葉を、言葉の「乱れ」って考える人たちもいるでしょう。

西江　そうですね。「乱れ」かまたは、そんな変てこな言葉しか話せないその土地の人々は頭が悪いと言うわけですね。例えば日本のどこかに基地が出来るでしょ。そうすると、そこにネエさんたちが集まるじゃないですか。そういうネエさんたちが「ヘイ・カモン・ユー・ノー・グッドよ」なんて話す。そうすると、一般的には、それを見聞きした周辺の人々はあれは教養が低いから英語が出来ないで滅茶苦茶に英語を使っているって言うんですよね。人々はそう言うじゃないですか。それは一部正しいわけです。社会的な評価の仕方としてはね。

だけど、ぼくはそっちの方向からは考えていないんです。よく観察してみれば、ネエさんたちは、みんな同じような言い方をする。

例えば、日本語で「よくないわよ」と言うのを「グッド・ノーよ」とは言わずに「ノー・グッドよ」って言うでしょう。「アイはねえ」とは言わず、「ミーはねえ」なんてこともよく言う。そういう言葉で、彼女たちは基地の兵隊と、長い時間話して生活をしているわけです。そういう人たちの会話というのは別に国語審議会を経なくても、ちゃんと全員がそっくりの文法を使って話してるんですよ。ぼくにとってはそっちの方が重要なんです。すなわちひとつの言葉が出来かけているという意味でね。

そして、そんなのを、ピジンというんです。基地の場合はそれで話は終わりますけど、しかしある場合はそのピジン化がずっとそのまま進行していって、その土地で一般に話されてる言語をついには消してしまって、すべてその新しい言語に移っちゃう場合があるんですね。そうなるとクレオルって言うんですけど。カリブ海のハイチなんていうのはそうですね。ハイチのフランス語系クレオル語なんかを、パリから来た人が聞いたらわからないでしょう。そこで、ハイチの黒人は文字も読めず無知だからフランス語も満足に使えないんじゃないかとか、フランス語が乱れちゃったとか考えるんです。しかし、実はそこにはそういう新しい言語が出来ていたわけですね。

久美子　それは明らかにフランス語なんですね。

西江　フランス語系の新しい言語ですね。

久美子　フランス語だって、もともとはクレオル・ラテンなのにね。言葉って、いわば日々話されるごとに新しいものとして話されるものでしょう。だから、日本語が乱れてるとか、日本語を完成された美しい言葉にしなければ、なんて言う人いますけど、おかしいですね。

西江　ぼくは、現在の状態は、いろんなスタイルの日本語が共存しているんだと思いますよ。まったくすごいバリエーションです。そして、そのバリエーションのすべてに一人一人がさらされている。ひと昔前は、人はそのバリエーションのほんの一、二だけに身をおいていた。「乱れ」というのは、言語の問題じゃなくて、社会の複雑化に関係する問題というか、その社会的現実に追いつけないその人の心の乱れということなんではないかと思うわけです。

久美子　美しい日本語なんてことを言う人の心が乱れているわけね（笑）。

西江　一般論としては言えないことだけども、例えばそういう傾向の意見を持つ人というのは、多くの場合、その人の過去とか育ちが良いですね。したがって育ちの過程では、その人が実際に話す相手は、立派な書物か、または、その人に身分相応の人々だけだった。

ところが、例えば今では、誰でもが大学に行きますから、先生などをやっていると、その人の家庭生活や日常生活では話すことのなかった身分や社会背景を持つ人と話す機会ができることになる。そこで、「よう、先生。レポートいつ出すの?」なんて学生に言われるとこれは大変だと思ってしまう。そこで、この学生は言葉を知らないなんて悩むわけです。

確かに、礼儀を知らないと言うことだって出来ますけど、その礼儀すらも変わりかけてるんですから。それに、心の問題と言葉の問題がどう関わりあっているかというのは、難しい問題でしょう。「これ、ちょっとやってよ」という言葉で相手に尊敬をこめて言ってる場合と、「これをして下さい」という言葉でも非常に冷たく言う場合だってあるでしょう。言葉のかたちが意味を示すわけではないんです。言葉のかたちが人間関係をややはっきり示しているのは、現在では書物の中でであって、生活の中では今ではあまり明らかではないんです。

これは敬語の問題と同じでしょう。銀座でもなんでも、テープレコーダーを持って調べたら恐らくはっきりするでしょうが、尊敬の念を持って敬語を使っている人なんか奇跡的にしか会わないでしょうね。全部それは仕事用語とか、いやみ用語とかで……。

久美子 皮肉に敬語を使ったりするっていうのも、ありますねえ、わざとね。

西江 皇室の中っていうのは、もしかしたら敬語をちゃんと話しているかも知れないけど、もしもそうなら、それは敬語であると言えるかもしれないですけどね。ところが、ぼくらが生きている、この庶民の世界は現在ではそうじゃない。

美恵子　敬語というのは、もはや特殊な世界にのみ生きているっていうことになるのかしらね。使うこともないし、もちろん、使われることもないですもんね。

この前、NHKのテレビ番組で、二・二六事件の時に、反乱軍の電話を盗聴した録音盤を再生したというのを聞きましたけど、その中に軍人の奥さん同士が事件のことを話しあっているのがあって、いわゆる、ざあます言葉なのね。ほんとに字で書くと「ホッホッホ」になるような笑い方で（笑）、笑いながら話してた。

全然、緊張感がなくて、丁寧な御挨拶の延長みたいで、小津安二郎の映画の女の人同士のかったるいような会話みたいなのね。一つには日常会話というのは、映画やテレビドラマみたいにドラマティックなやり取りなんかしないってことね。小津の映画はそうですけどね。それから、もう一つは、今では奥さん同士の会話が、すっかり違う言葉づかいになっているので、それが面白かったですね。あんまり上手く敬語まじりじゃ喋れないでしょ。それで、軍人の奥さんたちが、敬語を上手に使って話しあってるのを聞いて、何も言ってないのと同じことを長く話すのには、敬語って便利なもんだって思ったのね。社会的な上下関係というか社交的な人間関係においてはさ。

西江　別の言い方をすれば、その当時はやや同じ思考とか、世界観とか同じ行動体系を持ったグループがつき合ってたわけですよ。今や、そうじゃない。

久美子　社会的な地位とかあれこれと、言葉というのは不可分なわけですものね。

西江　例えば、敬語で「こっちに来い」というのは「こちらにいらして下さい」と言いますね。しかし、「こちらにいらして下さい」というのは単なる言葉の形式でしょう。そして「敬」というのは人間関係です。その語形式と人間関係との関係はどうなっているのかについては、まだあまり深く研究されてないんですよ。

久美子　田中克彦という人は、社会言語学者という肩書きの人ですけれど、この人が母国語という言葉を使わずに、母語というべきだと言ってますね。これは言語学では今や常識なんでしょうけれど。で、田中克彦の書いてることを単純に要約すると、国語教育とか、美しい日本語論といったものが、母親や地域社会で話されている言葉を正しいといわれている標準語に正したり、方言なんかも標準語に正して使わせないようにしたりして、いわゆる母語、方言とか、地域社会でみんなが使っている言葉をとにかく恥かしがらせるような風潮が蔓延しているって言ってます。わたしたちも、小学校で、コンニチワが正しくて、コンチワは正しくない、とか、朝起きたら、両親にオハヨウと言うのは乱暴で美しくないから、ゴザイマスとつけなくてはいけない、なんて教育受けて、実行はしなかったけど(笑)。自分の言葉は相当悪いのではないかと思わされてはきてますね。大野晋とか丸谷才一の書いているものを読むと、コンニチワという言葉が正しいから美しいと言ってるようなもんね。

確かに自分が生まれた時にまわりにあって、それを覚え使ってきた言葉を恥かしく思わせられるような国語教育は駄目なんですけれど。それと、言葉というのは、自分で獲得する面もあるけれど、むしろしゃべらせられちゃうという気の方がするのね。たまたまそこに生まれたから、しょうがなくその言葉をしゃべらせられているので、恥かしいとは思わないけれど、別にかけがえのないものなんて思えるわけないでしょう。

西江　選択の自由がないですよね。

美恵子　つまり、田中克彦は言葉のことを書いているわけじゃなくて、言葉を通して、国語教育や標準語を通して、差別が生まれる、という程度のことを言いたいわけでしょう。

久美子　母語を大切にしようとか、母語はかけがえのないものとか、そういうふうにはあんまり考えないわね、わたしは。西江さんがおっしゃったように、選択の自由のないものなんですから、差別も出来ないし、反対に誇れもしないんじゃないのかな。

美恵子　田中克彦という人の文章を読んで、それは丸谷才一の『文章読本』だったかを批判した文章なんですけどね。それはそれとして共感出来る部分はあるんだけど、かけがえのなさとか言ってるところが、結局、一番面白くないんだな。誇りなんて持たなくったって、言葉を使うのに困ることはない。困りはしないけど、それと同時にわたしなんかはいつも自分の使う——書くといってもいいんだけど——言葉に絶望してるもん。これは、まあ、小説家としての発言ですけどね。

西江　ぼくには、言葉に誇りを持つという考えは全然ないですね。そうかと言って、ぼくは言葉を見棄ててるわけじゃないんです。ただ、そういう感覚がないんですよ。

ところで、こんな話をしていて、ぼくはふっと思うんですが、アフリカとかニューギニアの奥地はもちろんですが、日本やアメリカやフランスなどでも、文字と関係なく生きている人たちというのは、意外に多くいるわけでね。そして、そういう人間というのは、一般に言葉とか言葉の誇りとか言われてもピンとこないんですね。誇りと思うことは、他にたくさんあるわけであって、呼吸すること、言葉を話すことはどうってことはない。ただ、どんなことを話したかとか、どんなふうに話すかなんかだったら誇りにもなるわけですが。

それにしても、人間が言葉そのものを対象化して考えるっていうのは不思議なことですね。そして対象化したものについて、いろいろ言えるというのは、相当、文字というものに影響されていないと出て来ないことですね。

話し言葉と書かれた言葉

久美子　言葉については、書かれた言葉で論議が繰り返されるわけでしょう。でも話し言葉と書かれた言葉との間にはものすごい距離がありますね。

西江　話し言葉というのには、相手との距離もあるし、その会話に必要な時間もある。その他、その言葉にくっついているものとして相手の向き、その言葉を発している時刻、それから身振り、その人の顔や体つき、社会的背景などいろいろのものがある。それで全体的に人間どうしのコミュニケーションがとれてるわけですからね。ところが、文字の場合はそうじゃない。特に現代の印刷による文字の場合は、相手も、時間も、空間もなしに言語の意味だけが突然飛び込んでくる。

美恵子　二次元の書かれた記号のつながりにすぎませんものね。日本語にせよ、アルファベットにせよ。

久美子　小説家に限らないけど、文章を書く人は、言葉を言語化するわけね。

西江　生きてる人間の話すのは全て言葉なんですけれど、ところが文字は体系としての言語の面しかほぼつかまえられないんですね。

久美子　でも、言語的に発想して、文字で書かれた言語を読んで、そういう言葉で話す人々もいますね。言葉は言葉なんだけど発想は言語的なところで影響されるわけでしょう。雑誌や本や、テレビで話されている言葉の一部もそうだけど、流行の言葉で言うと、そういったところで書かれたり語られたりしているディ、ス、ク、ールを無意識的にも意識的にも真似してしゃべってる場合もあるみたい。一度、言語化してさ、書いてあるみたいなことしゃべる人って、いるでしょう。

西江　と言うか、実際の言葉を話しているのに、聞き手はそれを言語としてしかとらえない。

久美子　対談というのを読むと、お互い言語で話し合ってる感じがありますね。

美恵子　雑誌の対談なんていうのはそういうものよね。要するに会話のかたちでつなぎ合せているだけで本当は言語的ね。

西江　だから、話していて面白い人の会話が対談ではつまらなくなることも多いし、逆にボソボソと自分の書いてきたものを読みあげても雑誌対談になると生き生きすることも多いでしょ。それに加筆する場合もあるから、百科事典と高級論文を混ぜたようなことを話す人も対談にはあらわれて来る。対談じゃなくて、対言語ですよね（笑）。

美恵子　これは三人だから、鼎《てい》言語（笑）。

西江　この論法でいけば、『話の特集』も『口語体言語の特集』となってしまう。

久美子　芝居の台詞も言葉というよりは言語的で、たまらなく恥かしい不自然なところがあるし、小説の会話も、本当らしく書いてあればあるほど、読んでて恥かしくなる。

美恵子　まあ、上手く書いてるのもあるけど、ようするに言語なんでそういうものとして読むわけで、だから、それをリアルな会話であるとかなんとか批評するのは変なものよね。

西江　ええ。小説ってのは、言語作品ですものね。声音、表情、それから距離感ね。そういうものは全部ないか、またはそれも言語で指示されているんですものね。

美恵子　西江さんのやってらっしゃることは、「言語」ではなくて「言葉」ですよね。言葉というのは話されるごとにいつも新鮮なものとして話されるわけで、それはどう変化しようと、いつも現在のものとして、古びちゃわないもんですね。ところが言語というのは、すぐに古びてしまうところがありますね。自分で書いていて、書きながら古びていってしまうような感じがね。

西江　言葉なんてものはその場で言った一回限りの意味しかありませんから、それを書きとめたりはなかなか出来ない。例えば、「話し言葉の研究」といったような本があるじゃないですか。しかしそうしたものも、口語体の書き言葉、すなわち言語の一例について研究しているんです。言葉の研究をやっているのは、例えば精神病理学みたいなものではないですか。

美恵子　耳と眼と、それと触覚と嗅覚がなければ駄目でしょうね。

西江　表情入りの文字、個性入りの文字というのは開発出来なかったんですよ。逆に言えば、それを除いたからこそ文字を作ることが出来たんです。そして、それを起源として言語の研究がなされているわけです。

久美子　それと、わたしが思うのは、人間って何でも記述してきたでしょう。表情や個性入りの文字はないけど、表情とか個性といった眼に見えないものも、記述というか表現してきたわよね。そういう欲望って凄いんじゃないかってことね。何ものも言語化せずにはおかないっていうさ（笑）。小説や詩はともかくとして、眼に見えない原子とかを記述しているわけだしね。言語化されなきゃ、そんなものがあるとは、とても想像出来ない。物理も化学も数学なんてものも、みんな言語ですものね。

西江 ええ、そういうのはみんな文字ゆえの文化で、文字が出来てから飛躍的にその姿を明確にあらわしたわけですよ。

美恵子 律文や韻文で語られた叙事詩なんかは、いわば言葉として出来たもんですよね。散文で書かれたものは、言語なんだけど、言語としてではなくて、もっと言葉に近いものとして書くという発想もあるわね。

ジャン＝ジャック・ルソーなんて、書くことをひどく嫌ったわけでしょう。それと、ボルヘスなんて作家は、書かれた言語のなかからしか言語が、というのはまあ小説が、出て来ないみたいなことを書いてますよね。

久美子 美恵子なんか、割とそういう傾向ね（笑）。

美恵子 うん、才能ないから（笑）。ま、小説をお手本に小説を書くことになっちゃうわねえ。自分の小説だって書かれたものなんだし、どこまで行っても、言語は言語でね。絶望的にもなっちゃうわね。でも、本当言うと話すのよりは、まだ書くほうがずっと好きなんだけどね。

久美子 えっ⁉

西江 ほんとですか。

久美子 嘘でしょ（笑）。

美恵子　ほんと（笑）。

（一九七九年三月十三日　金井宅にて）

あとがき

言語学とか文化人類学という「知」はどことなく、うさん臭い感じがつきまとう。ようするに、それが詩学だの神話学だのパラダイムだのという用語を使いながら小説や社会を批評しようとするからなのだが、当然のことながら西江さんには、そういったところが皆無だ。

誰に一番似ているかというと、ロフティングの児童読物の主人公の、博物学者で動物言語学者でお医者のドリトル先生ではないだろうか。ドリトル先生などというと、ヒューマニズムにあふれた人を想像するかもしれないが、いわゆるヒューマニズムに西江さんとドリトル先生ほど程遠い人間も、そうはいない。ようするに、二人は（西江さんとドリトル先生は）人間を好きでもないし嫌いでもないのだ。ヒューマニズムというのは、愛憎こもごものところにしか成立しないものではないか。たまたま人間に生まれたから自分も人間として人間と付きあっているだけで、それはおそろしく健康なことと言わなくてはなるまい。西江さんが人間ではなく他の生物に生まれていたとしても（そういうことを想像させる人なのだ）、やっぱり立派で健康な生物に違い

ない。インテリというのは人間に生まれたから、かろうじて生きているような人間が多いではないか。（美恵子）

A Mad Tea Party

時間と空間のお話

Guest

大岡昇平

大岡昇平（おおおか・しょうへい）

作家。一九〇九年、東京生まれ。京都帝国大学仏文科卒業。帝国酸素、川崎重工業などに勤務、四四年、召集され、フィリピンのミンドロ島に赴き、そこで終戦を迎える。翌年、米軍の俘虜となりレイテ島の収容所に送られる。四九年、『俘虜記』で横光利一賞を受賞。代表作に『野火』（読売文学賞）『レイテ戦記』『武蔵野夫人』『花影』（毎日出版文化賞、新潮社文学賞）など。執筆活動は多岐にわたる。八八年、死去。

まえがき

大岡さんはお会いすると（いつも、洗練された、趣味のよい服が長身によく似合って、私の知っている男性の中で一番素敵だ）いろいろな話をしてくださる。私は、大岡さんがお読みになった本の話を伺うのがとても好きだ。たまたまこちらも読んでいたりすると、つい嬉しくなって身の程知らずのお喋りをしてしまうのだが。

大岡昇平を知的な作家などと言うと言い古された感じもするし、私なんかが今さらと思うが、大岡さんの様々な知への貪欲ともいえる鋭い好奇心のありようは、大抵の文芸批評家など、およびもつかない、明晰《めいせき》で緻密な真に批評的な文章という形で読むことが出来るのだけれど、そのうえでなお、感動的な謎は大岡昇平が小説家であるということだ。大岡昇平は何であるよりまず小説家なのだ。そしてそれが私には一番魅惑的である。地球というこの惑星の同時空間で、大岡昇平という具体的で生々しい、まるで星間物質を思わせる作家に遭遇したということが、読者としても、そして、こうしてお話を伺うことも含めて、私には〈幸運〉としか思えないのだ。

（久美子）

キューブリックかクラークか

美恵子　こないだお電話で、蓮實重彥さんの映画評論集のことを少しお話ししましたけれど、大岡さんは映画はお好きですか。

大岡　今は眼が悪くなっちゃってるから、最近はあまり見ませんけど、そうねえ、一九七二年の『フェリーニのローマ』ね、あのあたりまでは見てます。蓮實さんは、パリのシネマテークで古い映画をまとめて見ているみたいですけど、ぼくなんか若い時分に現役で見てる、っていばりたいところだが、数じゃとてもかないません（笑）。

美恵子　アベル・ガンスの『ナポレオン』なんか……。

大岡　ええ、あれはパリで見ました。むろん、リヴァイヴァルです。アントナン・アルトーが出てるんですよ。ゴダールも偶然、パリで見ました。『女と男のいる舗道』ね。

久美子　そういえば、今の若い人はゴダールなんて知らないそうですね。蓮實さんが嘆いていた。

大岡　へえ。ゴダールを知りませんか（笑）。

美恵子　張り合いがなくなりますね。

久美子　ところで、（スタンリー・）キューブリックの『二〇〇一年宇宙の旅』を御覧になったとおっしゃってましたね。

大岡　そう、十年前に封切られた時に見逃してて、こんどはどうしても見たかったから。

美恵子　いかがでした？

大岡　武蔵野館でロビーに出て来た学生みたいなのが「わかんねえなあ」なんてどなっ

てるんだよ(笑)。それで、こんども受けねえかもしれないと思ってちょっと悲観したけど、ロングランになった。この前は二週間でぽしゃったけど。
　ラストの方で、いろんな色の光が、ワーッと出て来る所と、古いロココ風の部屋で主人公が目覚めるという所がわかんないらしい。
久美子　(アーサー・チャールズ・)クラークの小説では例の黒い石板の中に入っちゃった主人公が、逆宇宙とか、星々の生成を見てしまった後で、あの部屋にたどりつくんでしたね。映画では、そういうところは、まるで説明がないから――。
大岡　原作で読むと、問題の例の黒い石だって、あらゆる光線を吸収しちゃうから黒いというんだけどね。観念が物質になってるということね。
美恵子　そう言えば、あれは当時、難解だっていうんで、いろんな人が頭を悩ましたらしいですね。
大岡　だから、映像に対して言葉の存在価値を主張する余地があると思ったね。つまり言葉で表現されれば良くわかるんだけどね。映像化する場合、光を吸収する黒い石を撮影するのは無理ですよ。なんか藤村のヨウカンみたいなのが出て来てねえ(笑)。スゴ味が出て来ないんだ。
久美子　わたしは映画のほうが面白かったんです。あの藤村のヨウカンはともかくとして(笑)。小説のほうは、クラーク好みの超越的知的生命体なんてのが出て来て、そういう超科学みたいになっちゃうところが、苦手なんですね。

美恵子 そうね。『幼年期の終り』なんかも最初に悪魔の姿のものが出て来るでしょう。キリスト教的な、神の観念が割とあからさまで。映画の方でもリヒャルト・シュトラウスの「ツァラトゥストラはかく語りき」なんか使って、超人という考えが少し出て来てるわけですけど。どういうわけか、SFというのは、ニーチェの超人と、循環的時間モデルっていうのを好む傾向があるみたいですね。映画では、そういう変に観念的な部分が少なくなって、具体的だから……。

大岡 無重力の宇宙船の中で女の子が食物を運ぶ時に、ぐるりと一回転するトリックがあったね。あれは確かに映画の方が楽しく撮れていたと思う。それと、あのいろいろな色の光の出て来るシーンについてはぼくの息子がニューヨークにいた頃、この映画に対する評というのを読んでていろいろ話してくれたけどね、あれはLSDの幻覚的場面で、それがキューブリックの私小説的部分として、あの映画では長すぎるという評があったそうですよ。

久美子 十年前のあの時代のアメリカの風俗にキューブリックが影響されていたんだと考えると面白いわ。時代に表現は影響されますね。もし、今、キューブリックがあのシーンを撮ったら、ああいうサイケデリックな感じには作らないだろうと思う。

美恵子 『未知との遭遇』は御覧になりましたか?

大岡　あれは丁度、病気してたから見れなかったけど、『スター・ウォーズ』は見ましたよ。

美恵子　どうでした？　わたしはつまらなかったんだけど。

大岡　あの宇宙チャンバラには閉口したなあ（笑）。『未知との遭遇』は本読んだけど、──病気の時は推理小説とSF小説ばかり読んでたからね──読むに耐えなくて飛ばし読みしたよ。『スター・ウォーズ』の方は流行ってるっていうから、念のために見に行ったようなものだね。ぼくにはやじ馬根性があるからねえ、すごく（笑）。

美恵子　ええ。それについてはいつも感心してます（笑）。

大岡　『未知との遭遇』は本読んで、SFも遂に新興宗教みたいになっちゃったと思って悲しくなってね。

美恵子　そういえば、UFOとの関連でアメリカナイズされたインドの宗教といったふうなのも出て来ましたね。SF、空想科学というより、空想社会科学みたいなところがありましたね。

大岡　そうですよ。第二次世界大戦の死者まで出て来ちゃうんじゃ、こりゃおしまいだと思ってねえ（笑）。SFファンの一人として非常に悲しくなりました。

エントロピイと終末観

久美子　ＳＦがお好きだとおっしゃいましたけど、じゃ、ＳＦ小説も随分お読みになっているんですか？

大岡　いや、ＳＦはクラークの『地球光』を十年前に読んだんだから、だいぶ遅れてますよ。読みたいものが沢山あって困ってます。（アイザック・）アシモフの『鋼鉄都市』は一九五三年の作品で、アメリカでＳＦが盛んになったのは、五十年代はじめでしょう。こっちはすっかり遅れてるわけでね。読むべきものが多すぎて大変ですよ。

美恵子　大岡さんはもう大変な読書家ですから、推理小説も読み、今度はＳＦ小説もというのは、なかなか時間がとれないでしょうね。

大岡　推理小説の方はずっとついて来てるけどね、ぼくは。ヴァン・ダイン、（アガサ・）クリスティ、クロフツ、それぞれ翻訳されるにつれて読んで来てますから。だから、読むべきものはだいたい読んでるはずです。ＳＦに関しては、もう間に合わないだろうなあ。残念ですけどもね。

久美子　大岡さんは『俘虜記』の中で、原爆が日本に投下されたというニュースを聞いた時に「最初の反応が一種の歓喜であった」とお書きになっているし、その後で「かねて現代理論物理学のファンであった」ともお書きになっていましたけれど、いつ頃からそういう物理学に興味をお持ちになったんですか。

大岡　あれはね、小林秀雄に教えられたんです。（アーサー・スタンレー・）エディントンの本で「相対性原理」を知ったのは昭和十（一九三五）年でしたか、だいぶ遅れてます。エディントンの「エントロピイの無限の増大は宇宙の死を意味する」というのは一種の終末観であるということですね。小林が来ると、「あッ、エントロピイが来た」って青山二郎が冷やかしてましたね（笑）。あれは一九二八年の本ですよ。エントロピイという量を、大衆的にわかりやすく知らせたのはエディントンですね。昭和七（一九三二）年に翻訳が出て、小林は読んだんです。

我々の仲間に量子力学に興味を持っているのがいたりして、自然科学に対する関心が復活したんでしょうね。

美恵子　例えば、小林秀雄の使うエントロピイというのは、文学的な感じが強いけども、それにしても、自然科学を小説家が勉強するとか、興味を持つというのは、大岡さんあたりで切れちゃった気がするんですけど。

大岡　そうかなあ。そんなことはないと思うけどなあ。小説家にもいろいろなタイプがあるからね。

久美子　野間宏みたいに分子生物学に興味を持って、自然科学そのものとしてというより一種の社会問題として語る作家もいますが、そういう問題のしかたではなく、自然科学、あるいは物理学と、文学とか芸術の結びつきというのはある程度あると思いませんか。例えばジョン・ケージの音楽であるとか——。

大岡　それはそうでしょう。しかし、まあジョイスだって、ウルフだって、例えば「不確定性原理」とか、そういうものと関係があると言われているわけだけど、ぼくはそれほどのことはないと思うけどねえ。

ヌーヴォー・ロマンだって、そういうのと関係あると言われてるわけでね。彼等は大っぴらに言ってるかもしれない。だけど、それはちょっと違うと思いますよ。

美恵子　知のパラダイムとして、自然科学の提出した世界観と芸術はいつも密接な関係があると思いますけど。ニュートン的世界観から、いわゆる文学が離れるのは難しいですね。だから物理学そのものより、構造言語学といったアルゴリズム的な科学のほうに、文学がちょっと色眼使ったりしますけどね。

大岡　言葉というものが、そういうものであるにしても、文章にすれば意味の体系になってしまうでしょう。だから、少なくとも小説ではそうはいかないことでしょうね。

久美子　そうですね。美術の方では、レーザー光線とかホログラフィーとか、最先端の物理の技術の、まあ、カスみたいのを割と平気で作品に使ったりするんですよ。記号論なんかもふまえちゃってる人もいますし。

マルセル・デュシャンという造形作家がいますね。元々ダダイストで、シュルレアリスト達にも影響を与えた人なんですけれど。で、シュルレアリスムというと、すぐ精神分析とか、フロイトに行きがちなんだけど、デュシャン自身はまったくそうではないんです。あの人の残した「グリーンボックス」のメモとか他のいろいろなメモなんか読むと、アインシュタインとかボーアとかハイゼンベルクの論文を、それこそ現役で読んでいたのではないかなあって、思うのね。美術評論家や研究家はどう言うか知らないけども。

だけど、数は少ないけれど、彼の残した作品というものには、物理学的原理というものをそのまま生の形で使ってるということが全然ないのよね。

大岡　そりゃそうでしょう。厳密にキッチリそうだというのでなくて、なんとなくそういう気がするなあってことだよ、ほんとは（笑）。

小説は無時間的なもの

久美子　自然科学と芸術ということでは、ゾラの小説には進化論というか、遺伝学というのかダーウィンの影響がだいぶあるわけでしょう？

大岡　遺伝というか生物学のことは、その当時の自然科学の情報として、例えばわかりやすい梅毒の遺伝なんていう形で、小説に入って来るけどもね。長い家系小説を書くのに遺伝というのは便利だから（笑）。

久美子 もし、現代の小説で最近の遺伝学というのをやったらどうなるでしょうね。
大岡 今やったら、そりゃ大変だよ（笑）。とにかく遺伝については今までの説が否定された部分が多いんだからねえ。
ジャック・モノーは獲得形質が全然遺伝しないというやつね。生物が変わっていくことを突然変異というか、DNAの暗号の情報伝達の途中におこる事故として説明するわけだけど、モノーの意見についても古生物学者の方から異議が出てるわけだしね。
美恵子 後天的なものでも遺伝するという考え方もあるわけですしね。
大岡 つまり、獲得した形質が遺伝しないというのは一番の問題だと思うな。古生物学の中ではそれは重大なことで、馬のひづめの変化について、化石で順を追って進化の状態を調べているんだからね。とっても素人にはわからない面倒なことだよ、これは。つまり、遺伝という考え方自体を変える必要が出て来るからね。獲得形質の「獲得」って考え方を変えれば、それを「遺伝」と言ったってこれはかまわない。我々が普通に考える遺伝というものについては、常識的な考え方を変える必要があるわけですね。
美恵子 ええ。最近の生物学は、生物を複製する機械としてとらえるというか、生物はまず遺伝の情報を伝達するシステムだ、というわけですものね。ここでも、やっぱり、計算法、アルゴリズムということが問題になってるんですね。言葉の問題と生物学も似てきちゃってる。

大岡　遺伝という観念を変える必要があるんだよ。しかし、まあ、素人がこれ以上言ったりするのはやばいですよ（笑）。

美恵子　ええ、やばいですね（笑）。でも、あのジャック・モノーの『偶然と必然』は少しセンセーショナルすぎるところがあるような気がしました。

大岡　そりゃ、ベストセラーになる本には、そういう所があるものです。その中に大衆的に何かひとつわかりやすいものがある。

エディントンのエントロピイだって、熱力学の第二法則の言い方には、いろいろあるんだけれども、いったん熱になったものは、同じ量のエネルギーに戻らないという。するとエントロピイの無限の増大は宇宙の死を意味することになる。ただそこへ時間の問題が入って来るんですよ。つまり現在で過去は切れてるが、未来へ向って無限に時間が直線的に進行して行くという考え方がなくちゃならないわけですよ。そういう点では単純なわけだよ。

小林秀雄は、あれからうーんと勉強したから今は違ってるけどさ（笑）。昭和二年頃、『ジークフリード』と『クリームヒルトの復讐』っていうフリッツ・ラングの映画を彼は見てね。これはゲルマン神話の神々の黄昏《たそがれ》の世界で、ラストシーンではみんな殺されて死んでいくわけですよね。小林の場合、それと宇宙の死と重なって感じられたんだなあ。そういう一種の終末観というものと、同じ魅力をエントロピイにも感じたんだよ。

美恵子　キリスト教も最後の審判という終末観を持ってますもんね。これも直線的な世界観といっていいでしょうね。

大岡　分子生物学は、二重螺旋《らせん》という非常に面白い循環モデルを発見したわけだね。あれは魅力的なんだな。折りたたまれる螺旋の構造ね。立体的なものだから、ちょっと複雑な折紙みたいなところがあってね（笑）。折りたたまれた平面の暗号だな。

美恵子　遺伝子の構造がそうなんですから、昔の自然主義小説のようにはいかない。折紙みたいな構造を小説で書くのは難しそうですね。ＳＦは時間については循環的なモデルめいたのを使いたがりますけど。

久美子　それが必ずしも、成功してない。ＳＦ小説というのは小説の書き方としてはかなり古典的ですよね。直線的な時間の流れにそっていて、循環的である場合でも大抵、必ず時間装置機という合理的説明を書くわけでしょう。だから、主題は新しくても形式が古典的だから異和感があるわけよね。

大岡　だからＳＦは全然、相対性原理じゃないわけよ。つまり観測者の位置というものは不定なはずなのに、それがそうじゃなくて古典的なものでね。時間と空間は古典物理学と同じに常識的なものとしてとらえられていて、四次元の世界に入るように書いているけども、実は三次元の世界にしか観測者の位置はないわけだね。

美恵子　そうでなきゃ、今のところ小説は書けないわけで（笑）。それにね、小説は無時間的なものじゃないかって気がしますね。（モーリス・）ブランショじゃないけど、文学空間というくらいで（笑）。

プルーストは空間的……

久美子　大岡さんはプルーストのことを空間的な作家だとおっしゃったことがありましたね……。

大岡　いや、そこまでは言わなかったと思うけども、プルーストにしろ、（ジェイムズ・）ジョイスにしろ二十世紀の小説は要するに時間ということをうるさく言ってね。まあ、実際にそれもいろいろな扱いがあるわけでね。ところが、ぼくはスタンダールという百年も前の作家につかまっちゃったんで、空間的らしいんだ（笑）。

美恵子　だいたい、プルーストについて、時間ということで書いた人は多かったわけですけど、モーリス・ブランショという人は空間としてプルーストをとらえた人ですね。

大岡　ドゥルーズのとらえ方も時間ということを言わないで……。

美恵子　むしろ、空間的な……。

大岡　それで「リゾーム」ということになるのか。あれも空間的とらえ方ですか。

美恵子　まあ、時間というのが難しい問題だからあんまり考えたくないっていう感じもあるかもしれない（笑）。

大岡　とにかく僕の若い頃はプルーストといえば、時間でしょう。なんだかわけのわかんないこと、みんな言ってましたよ。それほどのことはねえと、反感があってね。ぼくは昔からヘソ曲りだから（笑）。

久美子　大岡さんの『少年』なんて読んでも、子供の頃からそういう感じじゃあないかと思いました。

大岡　雑誌『遊』のインタヴューでちょっと言ったんだけど、戦争に行くと、死が目の前にあるということで、時間ということを考える余裕がなくなっちゃうんだ。そうすると空間だけになっちゃうわけよね。

美恵子　それは想像は出来るんですけど、『少年』を読みますと、戦場と収容所で、しきりに過去の幼少年時代のことを考えた、という意味のことが出て来ますね。時間というより空間に対して敏感だったりするというのは、平凡な言い方ですけど、未来のことを考えられなかったということですか。あの、いわば瞬間的な反応が常に逃げている敗残兵には要求されるわけでもありますし。

大岡　あの当時の状態は、御存知ないでしょうけど（笑）。瞬間ってのは時間じゃない。予測も利《き》かない。未来については我々は何も考えられなかったわけですよ。もっとも未来というのは人間にはわからない。原子力発電だって常に予想とは違っているわけだからね（笑）。一九二〇年代にも、ヴァレリーが経済学では常に予想をはずしていると言ってるけどねえ。（ポール・）ヴァレリーの言ってることは間違ってなかったわけです。

美恵子　動物行動学なんかの方では、未来のことを考えられるのは人間はもちろんそうですけど、猿と、あと、犬や狼がある程度、未来を予測して行動するといいますね。簡単に言うと、犬が骨を埋めとくでしょう。それは後でそれを食べるだろうっていう未来を予測できたからだというような意味ですけど。

時間の過去、現在、未来という概念をある程度持ってるというのが、集団生活をする動物の一つの特徴でもあるらしいですね。もちろん、人間が哲学とか科学とかで考える時間や未来とは、それは違いますけど。それに文学作品の時間というのも、また全然別のものですし。

どうも時間の話になると、不思議の国のアリスのあのマッド・ティーパーティーでもそうなんですけど、訳のわからないことをいい出してすみません（笑）。

大岡　いいよ。いいですよ（笑）。人間が未来というものを厳密に考えていくと先がわからないということになるだけで、生物としては予測してるってこと、教えて下さってありがとう（笑）。

久美子　ところで、話は少し変わりますけど、絵のこと少し伺いたかったんです。『少年』を読みますと、油絵もおかきになったことがあるようですけど、あの、絵は、やっぱり近代絵画――ゴーギャンとか、ゴッホとか――がお好きですか？　シュルレアリスムの絵なんかどうでしょう。

大岡　時代のせいね、我々はウォルター・ペイターのルネッサンス論と後期印象派から入った世代ですからねえ。シュルレアリスムは、ダリなんか好きじゃあないなあ。

久美子　ええ、ダリはね。お好きじゃないでしょうね。

大岡　そう。パウル・クレーは好きですよ。あの絵には時間も空間もあるし、音楽的ですしねえ。クレーの文章もいいでしょう。クレーの画集は机のそばに置いてあるんだ。

久美子　（マックス・）エルンストなんかいかがですか？

大岡　エルンストは好きですよ。

久美子　ああ、良かった（笑）。

魂が水になって……

美恵子　『野火』の話に戻りますけれど、わたしたちは戦後生れですから、やっぱり実感としては戦争のことはよくわからないんですけども、とても面白く読めた小説なんです。はじめて読んだ時は、わたしたち小学生の時だったんですけど、もちろん、その後、読み直しております（笑）。大岡さんは、時間の観念がなくなって、空間だけだったというふうにおっしゃってましたが、小説を読むと、主人公はいつも歩いているわけで、それと密接に地形というものが説明されているのね。つまり、そこを歩いている、移動をするということで、時間と空間が混じり合ったような奇妙な圧迫感がこわかったんですけどね。

久美子　それでね、それこそ「リゾーム」じゃないけど、『野火』は素描や複写をしているわけじゃあなくて、まさに地図を作っている小説ですよね。

大岡　いわば、時間が引きのばされているわけだね。空間がゆがんじゃっているわけですよ。日常の生活の中では、我々の周囲は居住空間であって、物を食べるとか、台所には何があるとか、どっちに駅があって、そこから電車に何分のればどこに行く、ということがきまってるけど、戦場では敵が前方にいて、我々はこっちにいる。横からやられるとやばいから、そちらも常に見なきゃならない。後ろも見るしという前後に方向づけられた空間になっちゃうところで、ぼくは敗残兵になっちゃうわけで、幽霊になってさまようことになる。しかし、敵はどっかにいるということで、変な空間、変な時間になるわけだよ。

そうすると、死んだ自分の体が腐って水になって……ということに『野火』の中ではなるんだけど、水上勉が言うには、あれは仏教にあるんだって。仏教の説教に、人間の体が水になり水蒸気になって空へ上っていって、また雨になって、落ちてくるという循環の考えがあるでしょう。それでね、『野火』のあの部分を説教に使っている坊さんがいるそうだよ（笑）。

久美子　死んで肉体が物質になっても、有機物である限り何らかの生命体が生きて動いたり流れたりしてると思えば、何となく安心するし、そういうことって感覚的にピンと来るところがありますね。

大岡　あれはぼくの実感だからね。戦場ではなくて、門司で船に乗る前に感じたことだからね。そりゃ人間の生きたいという欲望は無限だから、だからそういうことを考えるわけですよねえ。

美恵子　水ということで思い出したんですけど、この前に対談した西江雅之さんから聞いた話なんだけど、ペンフィールドっていうカナダの大脳生理学者がいて、この人は、人間の魂というか、心というものがあるって言うんですってね。最近じゃ、そういうものは無いってことになってたでしょう。

その魂というか、生命といってもいいかもしれませんけど、それが体液の中にあるという意見らしいですね。キューブリックの『博士の異常な愛情』みたいなんだけど（笑）。それをいずれ物質としてとり出してみせるって言ってるそうなんです。本当だったら、とても面白いですね。

大岡　体液の中にあるとすれば……あッ、流れ出しちゃっても生きてるわけか（笑）。

久美子　折口信夫だったらそれを呼び寄せるのね（笑）。

美恵子　水と関係があるっていうのが非常に面白かったんです。

大岡　人間の肉体はだいたい水で出来てるから、流れ出した水が、目の前に流れている川の水と一緒になり、蒸発していっていつまでも生きているということですね。

ヴァレリーは自分の肉体より少しだけ長生きしたいらしい魂という、最少限度的な言い方をしたわけだけど、みんなそれぞれに永劫回帰なんてことを考えるらしいもの（笑）。

久美子 三島由紀夫は、人間というのは、自分の肉体から一歩も出ることは出来ないってなんかに書いてましたけどね。

大岡 だけど、そうではないと思いたいんだねえ。

久美子 それは重要なことをお聞きしました。

大岡 ぼくはもうくたばりぞこないだけども、そういうことを考えてませんけどね。アインシュタインは葬式も全部なしで、本当に自分の体を焼いて、灰にして撒き散らしたそうだね。

美恵子 今の日本ではそれは難しいらしいですね。環境汚染なんて言われちゃったりして（笑）。海の真ん中まで行かなきゃなりませんね。

ところで、ここのところ、大岡さんは推理小説二つと、『新潮』には「版画」というヴァレリーをエピグラムに使った小説もお書きになっていて、読者としては大変心強いんです。御病気が治ったという実感がして、本当に嬉しかったのね。「盗作の証明」はいかにも知的な小説で面白かったし、もっとああいう短篇を沢山読みたいですね。

大岡 注文はありますよ（笑）。だけど年が年でしょう。なかなかたまりゃしませんよ。推理小説だって、まる一年かかって、やっと二つ出来たんですからね。

一番最初に書いた推理小説が一九五〇年だったから、三十年の内に、九篇きり書いてないんですからね。まあ、途中に出来損いの長篇が一つあることはあるけど、そんな調子だからなかなかたまらないな。

まあ、心臓が悪くなって、もうじき死んじゃうだろうとみんな思ってるからね（笑）。現に、最近は送って来なくなった雑誌もあるしさ。なんとなくそういうことですよ。

この間、スーザン・ソンタグさんがここへ来て話して行ったけど、彼女は乳がんになってね、それで『隠喩としての病い』というのを書いたんでしょう。がんというのはやたらと増殖する悪質のものとして扱われ、結核が差別されているという論文ですよ。

それで、ぼくも差別されてる『隠喩としての心不全』というのを書いてやろうと思ってるんだけどどうだろうね（笑）。

（一九七九年五月十日　成城・大岡氏宅にて）

あとがき

大岡昇平さんは（先生とお呼びすべきなのだろうが）ほんとに素敵で、ジョン・ウェイン（むろん、イギリスの詩人のことではない）やクーパー以来の、わたしのあこがれの人だ。お会いするたび、ますますファンになってしまうし、お書きになったものを読むごとに、作品というものが完成すべきものではなく、生成しつづける〈生物〉だということを知らされて感動する。大岡さんの面白がっていらっしゃるジル・ドゥルーズの言葉をかりていえば、大岡昇平という作家は「リゾーム」だと思うし、お書きになる作品もまた「リゾーム」なのである。

お会いする前まではファンとしていつも緊張しているのに、お顔を見ると、つい、許されていると思い込んで調子に乗って生意気なことを喋ってしまうのが困るのだが、わたしがこの尊敬する大先輩の作家に、世代などを越えた同時代性（いやな言葉だが）の刺激を感じるといったら、やはり生意気ということになるだろうか。しかし、「リゾーム」というのはそういうものではないだろうか。いわゆる完成を喰い破って、常に生成して行く非個体的な個体が、大岡昇平であり、その作品なのだと思う。

（美恵子）

A Mad Tea Party

映画憑きのお話

Guest

山田宏一

山田宏一（やまだ・こういち）
映画評論家。一九三八年、ジャカルタ生まれ。東京外国語大学フランス語学科卒業。六四〜六九年にかけて、パリに在住。その間に「カイエ・デュ・シネマ」同人となる。著書に、『友よ、映画よ、わがヌーヴェル・ヴァーグ誌』『映画　果てしなきベスト・テン』『トリュフォー、ある映画的人生』等多数。

まえがき

「まだ擦れていない官能でそれを新鮮に感じて――」（吉田健一）と引用したあとで、山田宏一についてこれ以上何か説明がいるだろうか。山田宏一にとってのそれとは、言うまでもなく映画と女である。山田宏一の世界全体は、映画と美女でつくられているように見える。はっきりしすぎた過剰な夢の世界――。

　映画が持っている官能と美しい女の持っている官能が、山田宏一の擦れていない官能と一致した時、それが山田さんのいつも言っている「幸せな状態」ということなのだろう。この幸せを生きようとするために、山田さんは禁欲的ですらある。度のすぎた幸せのための、度のすぎた禁欲と言うと大げさすぎるだろうか。

　毎日、映画を見るというのも私には禁欲的な行為に思えるのだが――。

　官能をなしくずしに擦れさせ痩せ細ったものにしてしまうのは、何と簡単なことだろう。

（久美子）

神話的人物

久美子　ちゃんとはじめるわよ（笑）。

山田　ハイ。テーマは決まってるんでしょう？

美恵子　なあんにも決まってない（笑）。今日は、聞かせてもらいます。
山田　ちょっとドキドキするな、やっぱり。
久美子　山田さんのことを噂で知ったのは随分前だったけど、なかなか会えなかったわね。わたしたちにとっては、ちょっと神話的人物だったのよ、実を言うと。
山田　もう何年ぐらい前かなあ、はじめて会ったのは。
久美子　会ったのは十年ぐらい前。とにかく、山田さんについては、パリの生活が長くて、ルーレットとダイスがすごくうまいんだって聞いてた。一文無しに近い状態でカンヌからパリまでの帰りの旅費を稼いだって。
山田　誰がそんなこと言ってたの？
美恵子　渡辺武信だったかな。
山田　まあ、ルーレットは割と強い、確かに。
美恵子　山田さんも『凶区』の天沢退二郎たちを通じて知ったわけだけど、噂によると、山田宏一は「カイエ・デュ・シネマ」の同人でとにかく凄い奴だ、と言うのね。凄い、というのは優秀って意味だけど。いつもカッコいい女の子連れて歩いている。草月の映画祭に来た時は、期間中、毎回別の御婦人と一緒であった、というわけよね。おまけにフランス帰りでね。これはわたしたちとは全然、別の世界の人だって思ってた。噂のプリンスてなもんだったの（笑）。それに、一度も会わないうちに山田さんは病気になっちゃうし……。

山田 そうか、その頃はまだ会ってなかったから。

久美子 そう、入院しちゃっててね。80パーセントは駄目だって聞いてたのよ。

山田 ほとんど絶望視されて。

久美子 ウン、だから、山田さんってどんな人なのかなあ、ってイメージばかりがふくらんでさ。

美恵子 それで、退院後に渡辺武信さんに紹介されたわけだけど、ちょっと、イメージが違ってたのよね（笑）。

久美子 そう。すごい素敵な人だと思ってたのね。あのね、岡田真澄とは言わないけどさ（爆笑）。

山田 それはヒドイ!!

久美子 まあ、伊丹十三ぐらいの線かなあって思ってたのよねえ。

山田 ひどいなあ、それは。問題あるよ。

美恵子 イメージとはほんのちょっと違ってたけど。

山田 そりゃ、たいていの人はかないませんよ、岡田真澄には（笑）。伊丹十三にだってね、そりゃ、無理ですよ。

久美子 つまり、それだけ神話的な人物だったってことよ、おこらないの！（笑）とにかく、山田さんのことについては、みんなが素敵っぽく言ってたのよね。

美恵子 天沢さんとはパリで知りあったんでしょう？

山田 ウン。はじめて彼に会った日というのは、パリ中がゼネストでね、交通も電気も何もかもストップして、カフェだけがローソクともして営業してたのね。そこでコーヒーを飲みながら、延々、十時間ぐらい映画の話をした。

それがはじめての出会い。それでね、『凶区』の日録の中に、天沢がその日のことを書いたりして、それで日本に帰ってから、だんだん『凶区』の連中ともつき合うようになったのね。と言っても、なにしろ詩なんてぼくは全然だめだし、『凶区』も、いちおう詩の同人誌じゃない。

美恵子 いちおう？

山田 れっきとした（笑）。とにかく、詩なんてえのとは無縁でしょう。中原中也ぐらいは読んでましたが。

美恵子 まあまあ、押さえて、押さえて（笑）。

久美子 知りあった頃ね、四谷シモンが、わたしたちがあんまり山田さん、山田さんって言ってるもんだから興味持っちゃって、どういう人って聞くのよ。それで「いい人よ」って答えたら、シモンが「いい人なんてのは世の中に一杯いるんだよ、久美子ちゃん」だって（笑）。それからもう十年以上たつけど、やっぱりいい人っていうのとはね……。

美恵子　そんないい人じゃない。奇人の一種（笑）。今までいろんな人と映画のこと話したり、書かれた文章を読んだりして来たけど、これは異常だと思ったのは、山田さんと蓮實さん。たいていの人は映画より文学とかシュルレアリスムとか同時代なんてものが好きで、それで映画のことも批評しますって感じよね。割と甘く見てるの、映画という美女を。ところが、映画はミューズ以後のものだから、あばずれのようなものなんで、あつかいが難しい。下手に手を出すとヤケドをするんだけどなあ。

山田　あばずれ、ね（笑）。ウン、あばずれだなあ。

山田宏一の「思春期」

久美子　山田さんの本に『映画この心のときめき』っていうのがあるけど、「この心のときめき」という感じで今でも映画を見ているでしょ。多分、心ときめきながら映画を見るというのはだんだんと出来なくなっちゃうんじゃないかと思うの。

山田　ウン。

久美子　たとえば、子供の頃、土曜に学校が早く終るでしょ。で、映画館に行くと、二本立てで、一本目を見てる途中に、突然「あと一本ある。それに明日は日曜だ」ってことが頭に浮かぶのね。そうするともうどうしようもなく興奮しちゃって、映画の内容がどうのこうのじゃなくてさ、もうワクワクするやら、うれしいやらで大変だったわ。

山田　ウンウン。全部含めて興奮するのね。

久美子　山田さんて、試写会に行くんでも、池袋の文芸坐に行くんでも、ロードショーに行くんでも、そういうときめきがいまだにおとろえないようで、とても不思議な気がする、というか驚異ね。

山田　全然、進歩してないんですよ、きっと（笑）。ときどき、「あい変らず映画見てるんですか」って、久し振りに会う人に言われるのね。で、「まあ、毎日見てます」って答えるでしょう。「い〜い、ご身分ですねェ」って言われて困っちゃうんだよね（笑）。やっぱりね、嬉しそうにぼくが言うらしいの。だから、向うはついそう言わざるを得ないらしいのね。確かに、いまだにそういう所があるな。

子供の時、お金がなくてさ、割と貧しく映画を見てたのね。お金を払って見たことがないの。のしイカなんか買って食いながら映画を見たなんてことないんだ。

美恵子　いっぱい買い食いして映画見てる子ってしゃくにさわったわよね。家庭の教育はどうなってるんだ、なんてね（笑）。

山田　オシッコしたくもないのにわざわざトイレへ行ったりして、映画館で映画を見る雰囲気を楽しんだもんだって和田誠なんかうれしそうに言うんだよね。

ぼくは、映画館のトイレの窓から忍び込んで映画を見たのね。

美恵子　そうか、タダ見してたわけか。

山田　ウン、今でもトイレにはできるだけ行きたくないのね。もちろん、プログラムを買う余裕なんてまるでないわけ。映画館に入っちゃったら、ぼくは休憩時間も外に出ないの。恐怖心があるんだ、つかまるかもしれないっていう。
美恵子　そうなの？（笑）
山田　恐かったんだからァ。本当に映画見るって、こんなに恐いことなかった（笑）。学校サボって見てたから、先生に見つかる可能性もあったけど、それより、こっそり入ってるわけだから、キップの半券見せて下さいなんて言われたらどうしようってドキドキしたな。
久美子　『トリュフォーの思春期』のあの男の子……。
山田　ウン、あの子は友達まで入れちゃったりするわけで、あんな知恵なんかなくってさ、一人でもっと孤独にさ（笑）。
美恵子　なるほどねえ（笑）。この間、一緒に映画見に行った時もそうだった。その時も坐ったきり全然、外に出ないの。苛々《いらいら》しちゃったけど（笑）、理由聞いてわかりました。
久美子　わたしは、席を立っちゃうととられるって今でも思うの。子供の頃の映画館はいつも混んでたから。
山田　ぼくは今でも、混んでる時に席をとるのって、割とうまいんだ。瀬川昌治の『瀬戸はよいとこ・花嫁観光船』という映画で山城新伍が、ストリップ小屋で、かぶりつきのいい席とるのに、上着をポンと投げるとこがあったでしょ、ああいうの名人だったのよ、ぼくは（笑）。

美恵子 ほんとに、席のとり方なんてうまいのよオ。ドアをあけて中に一歩入ると、もう歩き方が違っちゃうんだから、目付が変わる（笑）。

山田 そんなにすごかった？

美恵子 ウン。まさに瞠目すべき光景であった。

官能的な、あまりに官能的な

久美子 この間、（ベルナルド・）ベルトルッチの『暗殺のオペラ』を見たあとベルトルッチって好きって聞いたら「大アイ好き！」って言ったでしょう。そういう所でもわたしはびっくりしちゃうんだよ。

山田 ホモっぽいから？　あの映画。

久美子 そうじゃないわよ。ベルトルッチの映画ってすごく官能的だと思うの。あんだけ官能的で、あんだけどうにかなっちゃうものにさ、魅惑されっぱなしになって大好きって言っていいものだろうか、人間は（笑）。

山田 もっと控え目に言うべきだったかな（笑）。

久美子 山田さんを見てると、官能的なものに恐れを抱かないっていう感じがするの。

山田　恥知らずってこと？
久美子　たいていの人間は、官能的なものとか、エロチックなものに対して、自分の世界観が許さないとか、こわいとか、こわされちゃうとか、いろいろ逡巡しちゃう所があるのよ。秘密にしておくみたいね。
山田　男は特にそうだね。
久美子　ところが、山田さんは官能的なものに平気で感応しちゃうと思うのね。
山田　（笑）
美恵子　コレスポンダンスしちゃうのね（笑）。結局、山田さんの文章って、絶対、映画批評にはなってないと思うのね。映画について書いた文章であって、いわゆる〈批評〉ではない。批評なんて、下賤《げせん》の者のやることなんでね、おのずから批評にはならない（笑）。そこが一番魅力的な所ね。だから、女優のことを書くと、それにコレスポンダンスするわけだから、ぐっと来るような文章になる。だって、あれは、オマージュだからね。詩的ね（笑）。下賤の者は、女に媚びた批評的文章で、女優のことを書くの。
山田　ほめられてんのかなあ（笑）。いい気になるとガツンとやられそうだ。
久美子　例えば、ジョン・フォードの映画を大好きだということは出来ると思うの。つまり、批判しようと思えば、できる余地があるわけでしょう。
美恵子　あるある。ある程度ね。またかと思うことがあるものね。

久美子　もちろん、批判しようとは全然、思わないけど。ドライヤーの『奇跡』やベルトルッチの『暗殺のオペラ』なんか見て、大好きって言いきっちゃうことは勇気のいることだわよ、とてもさ。感心する程度の人はたくさんいるでしょうけど。
山田　ついでにいい気になって言うと、出来たら映画になりきっちゃいたいんだよね。
美恵子　自分が映画そのものにね。この間、『映画の夢　夢の批評』（フランソワ・トリュフォー／山田宏一・蓮實重彦訳）の書評を書いたんだけど、その中でどういうわけか、映画のことを美女って書いちゃったのね。
山田　ウン、ウン。
美恵子　それになりきっちゃいたいというのは、つまり、美女と一体化したい。〈映画〉になりたいということでしょうね。

映画と同化すること

久美子　山田さんはハワード・ホークスの映画の女優が好きでしょう？　エルザ・マルチネリとか、アンジー・ディキンソンとか……。あれは自分が男としてああいう女がいいと思ってるのかしら。そういう人って割といるみたいだけど。
山田　そこが問題なんだよね。映画ファンというのは、そんなに単純かなあとぼくは思ってるの。スクリーンに同化するってのはそんなに単純なものなのかなあって。ジョン・

ウェインやハンフリー・ボガートにそんなに簡単になりきれるものだろうかって。

ウッディ・アレン原作・主演の『ボギー！ 俺も男だ』っていう映画見た？

美恵子 見てない。ウッディ・アレン大嫌いだもの。

山田 ぼくは『アニー・ホール』が大好きだから、ウッディ・アレンの評価を変えちゃったけど、その前までは大嫌いだったのね。何故かと言うと、あの『ボギー！ 俺も男だ』っていう映画は、映画評論家が主人公でね、映画評論家をひどく馬鹿にした映画なんだよ。ウッディ・アレン扮する主人公は『カサブランカ』に狂ってる男なんだけど、そのウッディ・アレンがダイアン・キートンとキスするシーンがあるのね。そこで、カメラがグルグル廻ってさ、いつの間にか、ボギーと、イングリット・バーグマンの映画のシーンにすりかわるの。あっさりとウッディ・アレンがボギーになりかわっちゃうの。現実と虚構がダブるってわけ。そういうお粗末な感情移入の仕方が同化だと思ってるんだ。

美恵子 それは実に下らないね。

山田 そんなんでいいのかなあって感じがするんだ。蓮實さん風に言えば、愚鈍なる楽天主義か（笑）。

美恵子 それは生まれつきでね。頭が悪いのよ。

山田 そうだよね。ぼくはジョン・ウェインやクリント・イーストウッドになりかわってるとはとても思えない。

久美子　だよねえ。
山田　でね、どっちかというと、ぼくは男だからね、きっと女の方に入ってるんじゃないかと……。
久美子　でしょう。それは絶対にそうだと思ってたの。
山田　だからね、女の目を通して見るからね、ジョン・ウェインやクリント・イーストウッドが素晴しく見えるんじゃないかと。
久美子　よしよし、やっぱりそうだ。
山田　男が男に同化するってのは、勘違いじゃないか。
美恵子　ヒーローになりかわっちゃうのね。アンチ・ヒーローにもね。キートンが熱狂してスクリーンに飛び込んじゃうのとは大違いだな。アンチ・ヒーローも含めて、ヒーロー論てのは、おセンチなもんでね。薄気味悪いテーノー文章だろ?
山田　ヒーロー論というやつはどうもあきたらない。
久美子　そうよ、そうよ。
山田　だって、スーパーマンになれるわけがないじゃない。映画の『スーパーマン』を見てさ、本当にスーパーマンになったつもりで空を飛んで怪我をしたり死んだりする奴がいるとしたら、絶対にそいつは映画ファンじゃないね。
『リトル・ロマンス』の女の子ってすごく可愛い子でね。男の子はどうしようもなくくだらないガキなのね。だけど、あの映画が好きだという男たちの話を聞くと、あんなにみっともない男でも、あんなに素敵な女の子にほれられるんだからっていうふうに思うって、言うのね。これはあまりにもうぬぼれすぎじゃなかろうか。

美恵子　それはまた随分、短絡した発想だな。

山田　映画評論家ってそもそもそんなもんだという考えを持っている奴もいるのね。そんなのが映画ファンの心情だと思ってるのが致命的でね。

美恵子　どうしようもない男でも救われたり成功するっていうのは映画の夢だって思ってヒーローに同化しちゃうわけだな。川本三郎なんて、醜悪な馬鹿こそ救われるのだってことばっかり書いてるけど(笑)。ああいうのが批評というもんよね。

山田　でも……、やっぱり、ぼくは自分からほれた女に同化したいんだよね。男である自分を消してしまいたいんだよね、できれば、女の中に同化しきってね。

映画の夢・夢の女

久美子　『話の特集』に載ってる「映画の夢・夢の女」、あれなのね。山田さんと映画というか美女との関係は。

山田　書きはじめた頃は意識しなかったけど、なんて言うのかな、その女優にピタッとはまるというのは変な言い方だけど、その女優の中に入り込めるまでじっと待っているんだ。

美恵子　美女と一体化するという怪奇映画的な、ある種の無気味さがあるわね、あの文章（笑）。

山田　一瞬、例えば彼女の目で見たって思う時がある。その瞬間に書けるような気がするのね。だから、割と時間かけてんです、あれでも。

美恵子　あれ、でもちょっと異常なのね。

山田　そうかなあ、あれでも一所懸命やってるんだ（笑）。

美恵子　まあ、それだけ映画という美女に狂えば、生身の女には興味がなくなっているかというと、これが大間違い（笑）。

山田　そういう言い方って、一般的にあるよね。映画に狂って現実に恋が出来ないとか、結婚が出来ないとか、婚期を逃がすとか。

美恵子　婚期を逃がすって誰が？

山田　そうですよね、そんな単純なものではないな。別に映画に狂ってなくたって、恋が出来ない奴はいるし、婚期を逃がす奴だっているし……。理想を言えば、生身の女と夢の女がいつもいる状態が一番バランスがとれるわけだけど。

久美子　なるほど、なるほど、それで（笑）。

山田　でも、それが、そう簡単にはいかない。夢の女は絶えずいるけどさ、生身の女はそう簡単にはいない。だって、夢の代置じゃつまらないからね。生身の女は夢の女とは全然別の魅力を持ってなきゃならないからね。

久美子　まあ、男の方々を見てますと（笑）、生身の女はなんとなくいて、夢の女の方も一人ぐらいはいて、生身の方にヤキモチなんかやかれて幸せに快適にやってるようだけど、山田さんはそれじゃあすまないからなあ。

山田　でもすむのよ、でも快適というのはちょっと苛々する。もっとドキドキしていたい。快楽主義なのかもしれないけど……。

美恵子　快楽主義というのは禁欲的な部分もあるはずなんだけど……（笑）。

山田　欲望には限りないみたいな所があって……。その上、やっぱり男だからつい征服したいと思うわけでしょう。女と一体化したい、女に同化したいと願うくせに、やっぱりそこが男なんだよね。征服した途端に何かが失われる。一番いけないのは女の方だな。

久美子　どうして？

山田　どうして、こんなオレみたいな男を操作出来ないのかと思うのね。

久美子　そういう言い方ってうぬぼれているようにも聞こえるなあ。

山田　そこが男のあさましさで……。でも、征服したくない、征服されたくてしょうがないのにさ……。

久美子　征服されたがってる男を征服させても面白くないんじゃない、女の人は。

美恵子　欲望がいつも女の人とずれちゃうのね、「女と〈ずれ〉」よ（笑）。

山田　そうなんだよねえ（笑）。いい女にかぎって、いったん男と出来ちゃうと、男のスパイになっちゃう。

久美子　また出た（笑）。男に一所懸命になって、尽くしちゃったりするのは可愛いってことになってるのよ。

美恵子　「貞女の鑑、内助の功」よ（笑）。

山田　だったら、男のスパイになったってことを認識すべきだ。

久美子　あら、してんじゃない？

美恵子　自分の御主人が好きだってんだから、スパイというより名犬じゃない？

山田　もっと言えば、男のインヴェーダー（笑）。男の部分になっちゃうわけだ。『ボディ・スナッチャー』っていう映画があるけど、要するに肉体が強奪されて、サヤから生れかわる同じ肉体に、異星人の魂が吹き込まれちゃうのね。それと同じ。女でありながら、男になっちゃう。男のインヴェーダーになっちゃう。

久美子　男のインヴェーダーもいやだけど、日本の女優が娼婦の役をやって女優開眼ってのもいい加減にしてもらいたいわ。

山田　娼婦の役をやると賞がもらえるから（笑）。でも結局は、母になるか、娼婦になるかみたいな。

美恵子　エリザベス・テイラーも娼婦役をはりきってやってたよね。今は映画女優がテレビに出て、うっかりすると、みんなお母さん役やってんのね。若けりゃ、娼婦役か野麦峠よ。

山田　大竹しのぶのあの感じってのは、子役の演技だって言った人がいるけど、まったくそうだね。

久美子　子役から、すぐお母さんね（笑）。

山田　そう。子役とお母さんしかいないなんて……、その上、ほんとにいい女がいると、すぐ男のインヴェーダーになっちゃうでしょう。

久美子　他の男にとられて。

山田　はっきり言や、そうなんだけど（笑）。

美恵子　でも、誰のものにもならない女優というのもいることはいるよね。それにハリウッド映画の女たちは、目的が金であれ、肉体であれ、結婚であれ、男を選ぶでしょう。選び方の残酷さが一種あって、それが大変いいものだったけどねえ、子供心にエロティックで（笑）。

山田　男のインヴェーダーに絶対にならない女たち。それが映画なんだっていう気がするんだ。

山田宏一

素敵なのはお転婆娘

久美子 ローレン・バコールは男のインヴェーダーにならないね？

山田 そうなんだ。お転婆でね。男を当惑させ、動かしちゃうタイプ。

美恵子 お転婆っていうのはなつかしい言葉ね。もう死語になっちゃったけど。

山田 日本では、お転婆というと、すぐサザエさんだもんなあ。

美恵子 江利チエミか（笑）。

久美子 キャサリン・ヘップバーンなんてお転婆よね。『フィラデルフィア物語』のね。

山田 そうそう。まさにそうだね。『男装』とか、ジョージ・キューカーのソフィスティケイテッド・コメディの。

美恵子 それと『赤ちゃん教育』。挑戦的というか、挑発的なお転婆娘の使い方、ハワード・ホークスはうまいね。

久美子 それとポーレット・ゴダード。

山田 ああ、そうだね。すごくいいよね。お転婆娘が好きだな。ハワード・ホークスの女はみんな最高だな。ヒッチコックの女も。あとジョン・フォードの女たちも。モーリン・オハラというよりも、ジョーン・ドルーとかヴェラ・マイルズとか。

久美子 それでね、「映画の夢・夢の女」の中でクラウディア・カルディナーレのことを書いてたでしょ。山田さん、ちょっと変わったんじゃないかしら。

山田　自分でも思いがけないことを書いてしまうことがあるの。でも、本気なんだよ、真剣なんだ（笑）。

美恵子　どういう所で、山田さんが変わったと思ったの？

久美子　ほら、やさしい感じで書いてるのよ。やさしい女の子って感じでね。田舎娘がさ、一所懸命愛して、愛されることをじっと待っているって感じで書いてる。

山田　自分の美しさを知らない女の子。

久美子　山田さんは、それまでそういう女の子に厳しかったじゃない。

山田　そりゃ変りましたよ。そういう意味では。それは話が長くなる（笑）。

久美子　今までは別に女が好きなんじゃなくてね、恋愛が好きなんだって感じだったのね。女好きを表明してたけどさ。本当は女そのものは嫌いだったんじゃないかと思ってたの。でもあの文章はなんか女に対してやさしいのよね、めずらしく。

美恵子　カルディナーレで、女全体って感じになったなって思ったわけか。

山田　そう言われていい気になるわけじゃないけど……。

美恵子　いい気になる傾向あるけど（笑）。

山田　すいません（笑）、思いがけなく書けた文章なんだよね、あれ。でも恥ずかしいね、読まれてるっていうのは。でも、ときどきファンレターが来るのよ、女性から。

美恵子　恥ずかしいなんて言いながらすぐ調子にのるのねえ、この人は（笑）

映画が運命を予言した……？

山田　恥ずかしいついでに、もうちょっと言うとね、中学生の頃に見て惹《ひ》かれた映画がすでに自分の運命を予言してたっていう確信があるのね。
久美子　何ていう映画？
山田　ウィリアム・ワイラーの『黄昏』。シオドア・ドライサーの『女優キャリー』っていう小説があったでしょう。当時ベストセラーになった小説らしいけど、その映画化。
久美子　誰が出たの？
山田　ローレンス・オリヴィエとジェニファー・ジョーンズ。
美恵子　あッ、知ってる！　知ってる、知ってる。
久美子　オリヴィエの給仕長なんかが、すごくおちぶれちゃうんでしょう。
美恵子　それで、ジェニファー・ジョーンズの方が女優として成功して……。
山田　ローレンス・オリヴィエには、金持ちの奥さんがいるんだけど、ジェニファー・ジョーンズと駈け落ちしちゃう。しかし、彼は落ちぶれちゃうわけ。それで、自分がいたんじゃ、女優としてやっていこうとする彼女のためにならないということで身を引くの……。

久美子　それがなんで、自分の運命を予言しているのよ（笑）。
山田　ちょっと待って。まだ話があるんだ（笑）。それで、彼は落ちぶれて、その間に彼女はキャリーという名の舞台女優として大スターになる。彼は浮浪者になり果てて、ヨボヨボで、ステッキをつきながら彼女の楽屋裏をたずねていく。お金をめぐんでくれってね。でも、彼女はまだ彼を愛しているんだ。なぜ突然あなたは黙って消えてったのって、彼女は涙ながらに言いながら、化粧落しするから待っててくれって言うんだけど、化粧室に入っている間に彼は彼女のサイフから、札ではなくて、小銭だけとってね、ステッキついて、足をひきずりながら、悄然として消えていくの。ぼくはそれにものすごく感動した。
久美子　中学の時に感動したの！
山田　中学二年か三年の時。
久美子　**美恵子**　おマセねえ（笑）。
山田　今のぼくはステッキをついてやっとこさ歩いているのみならず……。
美恵子　小銭の方をとって帰っちゃうの？
山田　ウン、そっちの方に近い（笑）。やっぱりね、めぐんでもらって小銭だけとって去るって感じ。
久美子　でも、映画は消えて行く所で終わりだけど、山田さんは消えてっても、その後で原稿書いたり、映画みたり……。

美恵子　原稿なんか書けなくなってるわけよね、その時は。めぐんでもらって小銭で映画見るのよねえ（笑）。『素晴しき放浪者』かなんか池袋文芸坐で……（笑）。
久美子　ああー、想像の話ね。
美恵子　当り前よ、それは（笑）。
久美子　だって予言してたって言うんだもの（笑）。今の山田さんの状態を言ってるのかと思っちゃったのよ。
山田　いや、想像でもないいんだ。『黄昏』に近いねえ、もう。小銭をめぐんでもらってさ……。
美恵子　象徴的な意味の小銭？
山田　いや、もうそろそろ（笑）。
美恵子　いやだあ（笑）。
山田　あともうひとつあるけどやめよう、また冷かされそうだから。
美恵子　いずれ聞かされることになるのに決まってることじゃないの（笑）。

（一九七九年六月三十日　金井宅にて）

あとがき

あって話をしていると、つい、からかい気味のことを言ってしまうのだが、山田宏一は天沢退二郎に言わせれば「凄く根性のある奴」ということになる。脳の大手術直後、ステッキにすがりながらカンヌ映画祭に出かけて行くのは、根性というより、映画狂いそのものなのだが、気弱なようで、やけに向っ気の強いところで、どういうわけか気があって、何事にも狂うことのないわたしのような者が友達になってしまった。

山田さんを見ていると、『パルムの僧院』の次の一節を思い出す。「わが国からだいぶ離れたミラノでは、人がなお恋のために絶望することがあるのだ……」（大岡昇平訳）。もちろん、絶望はしないのだが、恋のために絶望するかと思うほど、情熱をこめて女と映画について語る人は、今ではめったにない。それに、山田宏一は、幸福になるためにしか映画も女も愛さない人だ。映画も女も、彼を絶望させてはいけない、と思うのだけれど――。ようするに、彼は必死の快楽主義者といったふうの凄味があって、話を聞いていると恐怖映画を見ているような気分になることがある。コワーイ映画、でも、美しい映画――。

（美恵子）

A Mad Tea Party

「深淵」についてのお話

Guest

フィリス・バンバウム

フィリス・バンバウム（Phyllis Birnbaum）
作家、翻訳家、編集者。コロンビア大学、バークレー大学で英文学と日本文学を学ぶ。著書に“Manchu Princess, Japanese Spy, The Story of Kawashima Yoshiko, the Cross-dressing Spy who Commanded her Own Army,”最近の訳書に、“Heaven and Hell”（財部鳥子『天府冥府』）など。司馬遼太郎『竜馬がゆく』の翻訳編集も行っている。ボストン郊外在住。

まえがき

最初にフィリスさんからいただいた手紙は、いかにも礼儀正しく、いわば学者的だったので、会うまではいささか気が重かった。アメリカのインテリ女性！　それはわたしが最も苦手とするタイプではあるまいか。

彼女は確かにインテリではあるのだが、実際に会うと形式ばったところや官僚的なところはなくて、我慢強さにその美点が発揮される女性だ。なにしろ、フィリスさんは、大変な早口で勝手なことばかり喋るわたしたちの日本語を、とても我慢強く聞いてくれた。

それに二度目にもらった手紙（英語）の文章は、いきいきしていて好きだったので、彼女の小説が上梓されたら是非読んでみたいと思っている。

（美恵子）

安部公房にホレてしまった

美恵子　この前フィリスさんに会ったのは、ちょうど一カ月前ね。翻訳は進んでる？

フィリス　ええ、なんとか終わりそう。

美恵子　今は、わたしの、『兎』を訳してくれてるわけだけど、他にはどんな人の作品を考えているの？

フィリス　円地文子に河野多惠子に岡本かの子と、あと二人がまだ決まってないの。一応、五人の日本の女流文学作品の短篇を翻訳するつもりでいますけど。

久美子　どうして女流作家だけなの？

フィリス　日本の文学作品を翻訳してみないかという話がコロンビア大学の方からあっていろいろ考えたの。それでね、以前に、河野多惠子の小説を読んですごく感心したことがあるし、アメリカには日本の女の作家はほとんど紹介されていないから、これがいいと思ったわけなの。女性解放にはあまり興味ないけど、わたしも女性だからね。女性の心がわかるでしょう。

美恵子　フィリスさんは、日本の作家では誰が好き？

フィリス　なんと言っても安部公房よォ（笑）。

久美子　へえ、なんでえ。

フィリス　あの人の講演聞いたんだけど、ホレちゃったのよ（笑）。あんなに深く考えてから話す作家って他にいないでしょう。

久美子　そおォ？　そうかなあ。

フィリス　ゆっくり話すし、話す前にすごく考える。わたし、気にいったわ（笑）。

久美子　わたしとは正反対なわけね。何も考えないですぐしゃべるし早口だからね（笑）。

美恵子　まさか顔もよかったっていうわけじゃないんでしょう。
フィリス　顔も話し方も。珍しく、質問しちゃったのよ。
久美子　何を？
フィリス　その前に、安部公房は嫌いなの？　人間として。
美恵子　人間として？　バーで一人置いて隣に坐ったことがあるだけだから、好きも嫌いもわからないわね。
フィリス　へえ、うらやましいわァ（笑）。早く、〝文壇〟バーに連れてってよ。
美恵子　わかった、わかった（笑）。で、何を質問したわけ？
フィリス　わたし、そういう講演会で質問したことってないんだけど、安部さんが、暗い話をしたの、あの素晴しい顔で！（笑）
美恵子　まあ、それは人には好みがあるからねぇ。
フィリス　安部さんは、小説と同じように暗い、暗い、希望のない都市の人間の話をしたの。わたしはユダヤ人だし、日本の人の感覚とはだいぶ違うでしょう。それで、わたしの好きな、ソール・ベローが、ユダヤ人的に、「作家の責任はこの人生を肯定しなきゃならない、どんなにひどくても」と言ったことについて、どう考えるかを聞いたの。賛成ですか、それともお笑いですかってね。そしたら、安部さんは、「作家の責任は、どういうふうに人間がこの世界から脱出出来るかを考えることだ」って言ったの。どう思います？

美恵子　わたしは、安部公房のものはあまり読んだことないから、その脱出ってことについてはよくわからないけどもね。でも、大した作家だとは思うけどね。初期作品のほうがわたしは好きさ。

フィリス　そうでしょう。アメリカでも好きな人いっぱいいるし。（ドナルド・）キーン先生も、安部さんと親しいのよ。ところで、美恵子さんの作品は、最終的にどういうものになっていくと思いますか。例えば、わたしのイメージは「踊る」っていうことよ。

美恵子　そうだなあ、地上に残って踊るんでもないし、どっかへ脱《ぬ》け出していくってんでもないしね。丁度、中間につるされているって感じよね。だから、どこに行くかっていうのは全然わかんないのよ。

久美子　ソール・ベローの『宙ぶらりんの男』だって、宙づりのまんま日記をつけながら、街を往復するように行ったり来たりするわけじゃない。行ったり来たりしながら書いたあの日記のようなものが小説の形をとりあえずとっているのだと思う。結論を出さない小説っていうのが、面白いと思うな、わたしは。

フィリス　でも、初期はそれでもいいんだけど……。

久美子　つまり、作家としての責任ってことね？　わたしそういうのって本当にわかんない。今までわたしが読んだ本とは、たぶん全く別の傾向の本を沢山読まないと考えられないことなんだろうな。だから今言えることは、結局、好き嫌いの話だけね。それで好きな小説は、完結していない小説ってことなの。それに一つの作品に完成とか完結ってものは本質的にないんじゃないかと思う。

フィリス　へえー。

美恵子　日本の私小説の中には、そういう意味で結構いいものがあるよね。

フィリス　でも、それじゃ不満が残るんじゃない？

久美子　だから、結論で満足するんじゃなくて、読みつつ満足したり不満だったりするの。それが、小説を読む楽しさの一つね。

フィリス　へえー。

久美子　小説のページを繰り、言葉を追いながら、わたしも一緒に歩くのよ。それが楽しいんでね。それで一応小説は終わるんだけど読者のわたしは終わったとはとうてい思わないというのが、作品と自分とのいい関係なんじゃないの。結論づけられる小説っていうのは、啓蒙されてるわけじゃないんだから、わたしは読まないわね。だいたい、小説によって啓蒙されたり、高められたりするわけじゃないんだから。もちろん、わたしは小説家じゃないから気楽だけどね。要するに作品を読んで生き方を学ぶんじゃないのよ。

フィリス　いや、わたしは違うわよ。学びたいわあ。

美恵子　あ、そう。

フィリス　何か勉強になると思うから。

美恵子　それはね。勉強っていうのは確かにあるでしょうけどね。わたしもまあ、勉強ってのは嫌いじゃないけどね。

フィリス　そうじゃなくて、はじめの方で起きた問題が、終わりの方でどういうふうに解決されたかということですよ。わたし、知りたいわ。どうせ読むんだもん、勉強したいわ。描写や雰囲気だけじゃ足りないじゃない。わたしは、終わりの結論を待ってますよ。人間はどういうふうに、この世の中を……。

久美子　生きるのかってことね。でもそれだったら、実際の人間を見てればいいと思うわ。

美恵子　安部公房にもそれはないし、そういうことは書かないよ。日本の小説というのは、志賀直哉っていう人もそうなんだけど。

フィリス　だから、わたし、志賀直哉なんて読めないのよ。

美恵子　そうでしょう。結論がないからね。

久美子　志賀直哉はまあ好きね。

フィリス　へえー、文章がきれいだから（笑）。

久美子　それはわからないけどね。

わたしの暗く深い「深淵」……

フィリス　例えば、井伏鱒二を読むでしょ、井伏さんが、備前焼だとか魚とか花に感心するのね。でも、わたしはそれだけじゃ足りないのね。それで、友達にすごい井伏さんのファンがいるから聞くわけ。そうすると、井伏さんの人生は、そういうもので足りるんだっていう。わたしは、そこから何も学べないから足りない気がしますよ。

久美子　井伏的でありたいねえ。でも、フィリスさんは小説家なんだから足りないと自分が思うものを書き加えられるんじゃないかしら。

フィリス　でもね、人間の生活には、足元に穴があるでしょう、深淵が。あるでしょう！

久美子・美恵子　ないわねえ（笑）。

フィリス　あるわよォ（笑）。感じない？

美恵子　いや、仮にあったとしてもさ、まあまあというんで、飛び越しちゃうね。ホップ・ステップ・ジャンプっていうんで。

フィリス　でも、広い穴だもん。

美恵子　うん、だからさ、それでそこに落ちたって、それでかまわないわけよね。

フィリス　だけど、自分が足元にある大きな穴の縁に立ってることを感じないの？

美恵子　感じないのよォ（笑）。

フィリス　それは無感覚ですよ（笑）。

久美子　そのかわり山なんかへ行けば、植物見て、「ああ、生きてるのはなんていいことだ」なんて思うわよ。花なんか見てれば、深淵なんかよりもっといいものがあるなあって思うの。植物は人間じゃないし、動物も人間じゃないのよ、当り前だけどさ。人間も人間であると同時に生物よね。それでさ、動物や植物、あるいは微生物っていうのは、生物であると同時に物質なのよね。もちろん、人間もね。で、わたしは、人間の精神というものより、人間の物質性というものの方が面白いのよね。そうすると、その深淵というのは極めて精神的なものだからさ、わたしにとってはあまり重要なウエイトをしめないんじゃないかしら。分子生物学にちょっとひかれるのもそういうことで、精神としての人間というより、生命体としての人間よね。そこには、当然、精神っていう深淵なものってないわけじゃない。

美恵子　ほら、精神というのはさ「死」がないとされてるものでしょ。「不死」よね。ところが、生命体というのは、分子生物学みたいな新しい理論ではね、すでに遺伝子の中に、生まれて死ぬっていうことが組み込まれてるわけですよ。でも、最近のアメリカの、まあ、割と単純だとは思うけど「反科学」っていうことでステントっていう人がいるよね。あの人の書いた物を読むと、一種の東洋的な生死観みたいなものを、西洋がずっと発達させて来た科学の持つ論理性みたいなものと対立させて考えるやり方というのがあるわね。

でも、ステントの考え方の中にも、確かに深淵がそこにあるという感じはあるわけね。深淵があったほうがそりゃあ、深く物ごとを考えてるということになるしね、実際そうなんじゃあないの？（笑）フィリスさんの考え方というのは、やっぱり西洋的な物の考え方なんだな、きっと。ユダヤ的なものを含めてね。

フィリス　そうかな、どうしてそれが西洋的かな。

美恵子　あのね、論理というのを重要視するわけね。もちろん、わたしが日本人の代表とは思わないけど、深淵があるなんて思ったことないものねえ。穴がありゃ、実際に穴があるなあって思うだけの話でさ（笑）。

朝の悩み

フィリス　毎日起きるでしょ。それで恐くないの、全然？　つかまえられないように、今の内に生きようって、ちょっと焦ってる感じがしないの？

美恵子　感じないなァ。また、今日も退屈な一日が始まるなあってなもんでさ。本当はずっと眠っていたいのだけど、やっぱり起きないとねえ。

フィリス　へえー。あたしは朝起きると、焦ってますよ。もうじき死ぬかなって思ってるから。

美恵子　早く仕事しなくっちゃって思うわけね。

フィリス　そう。だって、体のあちこちが痛いって話したでしょう。
美恵子　だってまだ三十四歳でしょう（笑）。ちょっと神経質なんじゃないの。悩むことを自分に義務づけちゃうのかなあ。
フィリス　わたしはね、ユダヤ人の小説を、（ソール・）ベローとかのを読むけど、みんなそういうこと書いてるよ。例えば、アメリカ人はジョギングするでしょう。最近のアメリカの小説家で、ジョセフ・ヘラーという人がいますけれど、ユダヤ人でね。彼はジョギングするのよ。それもすごく早く走るわけ。死につかまえられないようにね（笑）。
美恵子　フーン。ほら、「さまよえるユダヤ人」の伝説があるじゃない。そういうふうになっちゃえばいいじゃないねえ（笑）。そんなに死ぬのがいやだったらさ。アポリネールのね、さまよえるユダヤ人の出て来る短篇があるんだけどね、それはすごく陽気なのよ。
フィリス　金井さんたちは、そういうこと感じないのねえ、うらやましいね、健康的よ。
美恵子　そういう意味では健康かもしれないわね。
久美子　いい加減なのかもしれない（笑）。
フィリス　朝早く起きて、また退屈な日が始まったと思うだけなのね。
美恵子　朝早くは起きないけどさ。
フィリス　あら、そう（笑）。それはいけませんよ。
美恵子　ま、だいたい十一時とか十二時頃起きて、で、起きたすぐというのはあんまり気分が良くないでしょう。だから紅茶かなんか飲んでさ。新聞三つとってるから、それ読むんだけど、暗い記事ばっかよね、それは読まないでさ（笑）、スポーツ欄とかちょっと面白い記事を読んだりして、ジャーナリズムのディスクールの悪口とか二人で言いあったりするのね。それから毎日、雑誌と本がとどくでしょ、それをパラパラめくってさ、またあの馬鹿、この馬鹿って言ってさ、そうこうしているうちに、三時（笑）。また、お茶かなんか飲んで、そろそろ買い物に行かなきゃってもんで……。

久美子　今日の夕食は何を食べようかなあっていうのが悩みよ（笑）。

美恵子　まあ、それが仕事やってない時の一般的な状態よね。そのあと、ま、仕事やってる時、口数が少なくなったり、不機嫌になったりすることはあるけども……。

フィリス　それはどうしてなの？

久美子　それはさ、自分の仕事の小説や絵のことしか考えなくなっちゃうからね。どうもうまく描けないとか、色ののり具合が気にくわないとかね。植物に水をやるのを忘れたりするの。うまくいってない時は、他のことに気がまわらないのよ。それだけ考える範囲が狭くなるのよ。

フィリス　それだけじゃないでしょう。どうしてこの仕事をする価値があるかとか、どうして死ぬのかとか考えるんでしょう。

美恵子　あのねえ、あんまり価値なんてこと考えないのよ、自分の仕事のことでは。書きたいから書くというのが、どう考えても自分の本質的な欲望だと思うのね。もちろん、いいものと悪いものとか、うまくいく、いかないってことはあるけどね。わたしは、形而上学的なタイプじゃないからね。作家としても、普通の女の人の生き方としてもね。

あのね、小説の中では、割と死のテーマというのを書くことあるわけね。とても成功しているとは他人は読んでくれないのですが（笑）。でも、それは小説の中での話でね。日常生活は気楽にやりたいわけよ。

フィリス　へえー。そういうふうになりたいわあ。わたしは朝早く、今日の悩みは何ですかって考えるのよ（笑）。

美恵子　そういうことはまずないな。小説がうまくいってなかったりすれば悩むけども。

フィリス　自分は才能がないなあって思うことあるでしょ。

美恵子　そりゃ、年中よォ。編集者と批評家には隠しておくけどさあ。バレるとまずいもん（笑）。

久美子　実際に手を動かしてる時は、才能があるとかないとかなんてことは考えないわね。

フィリス　他の人が自分より才能あるなあ、とか考えない？

美恵子　ま、それも何人かだけどね（爆笑）。

フィリス　明日から悩むよ、きっと。悩み方教えてあげるよ。わたし、悩みの天才だから。

久美子　悩み方をねえ（笑）。ところで天才も悩むもんなの？

美恵子　そりゃ、天才は悩むよ。こう深々と悩むね。

フィリス　天才じゃない人も悩むけど、そりゃ時間の無駄よ。

久美子　そうでしょう。だから悩まない方がいいのよ、やっぱり。悩まない方法を教えてあげるわよ（笑）。

美恵子　ちょっとつけ加えておくとね、物を書く立場の人間として言えば、その悩みというものは、あまり人に語るべきことじゃないという感じはあるね。それにフランス人の女流批評家で作家のね、ナタリー・サロートって人が書いていたけどね、いやしくも作家であるほどの者は、自分に才能があるかどうかなんてことでは決して悩まないってさ（笑）。

どんな悩みだっていいんだけど、それが小説にそのまま出ればいいとすら思わない。まあ、出てたっていい小説はいい小説だけどね。読む人が、それを読みとってくれればいいわけでね。人ともそういう話しないわね。昨日も吉岡実さんと会ったけど、「大変だよねえ」「大変ですねえ」ですんじゃうのね。それに陳腐な言い方だけど、文章を書くとか、絵を描くとかというのは自分にしかわからないことよ。もし他者との関係でそれがわかることがあるとしたら、他の人の作品を読むことだと思うのね。他の人と語り合うということよりね。ま、なぐさめにはならないけど、はげましになるな。小説や文章を書くということはそういうことだからね。勇気は得るわね。明るい小説、暗い小説ということじゃなくてね。

ニューヨークは野心とノイローゼでいっぱい

美恵子　この前、フィリスさんは、アメリカにはノイローゼの人が沢山いるって言ってたけど、東部にはやっぱりそういう人が多いのかな。
フィリス　多いですよ、東京より。わたしは元気な方ですよ。
久美子　ホント！（笑）
フィリス　わたしの友達はほとんど精神科のお医者さんにかかっているの。それで会うと自分の状態をお互い言いあうのよ。「今日のノイローゼはひどい」とかってね。それからニューヨークに沢山いる精神分析医の品定めをするの。あの先生がいい、この先生がいいって。
美恵子　日本では、まだそこまで精神分析は浸透してないからね。ヨーロッパじゃあ、知識人は行くらしい。
フィリス　アメリカでは日本より、人間が孤独ですよ。ニューヨークとかボストンは特にそうね。アメリカの離婚率は三十パーセント以上でしょう。すごく不安定ね。
久美子　陳腐な言い方だけど、よりよい状態っていう幻想があるんじゃないの。

フィリス　そうでしょう、多分。

久美子　幸せでなきゃいけないとか、よりよくなきゃいけないという幻想があるのよね。それと自己実現とか。

フィリス　どう思いますか、自己を実現するというのは。

久美子　それは、ある特殊なある時代のある文化の考え方じゃないかしらね。そういうこととは、まったく関係のない文化というのが随分あるんじゃないかと思うけどね。

美恵子　そっちの方が多いわよ。

久美子　アメリカの社会っていうのは、自己実現であるとか、よりよいとかいう幻想に満たされている社会じゃないかと思うのね。だからそれに対応した形のノイローゼというのがあるんじゃない？

フィリス　そうかもしれない。ニューヨークには野心家がいっぱいいますよ。天気も悪いし、アパートは狭いし、そういう所で人が暮らしているから、「病気」もふえる。それでも、成功しようと思えば、やっぱりニューヨークに住まなきゃ駄目なのね、アメリカの場合は。

美恵子　へえ、日本でもあるのかね、成功したくて出来なくて挫折して、ノイローゼになったりする人って。でも、少なくともわたしたちのまわりにはいないわねえ、その野心と挫折ってタイプの人ってさ。そいでねぇ、日本ではアメリカ語でいうアンビシャスをね、明治時代に野心ではなく大志って訳したのね。「ボーイズ・ビー・アンビシャス」って言葉ね。クラーク博士がそう言って帰ってってたの。

フィリス　じゃ、もしもですよ、近くにノイローゼの人がいて、自分にはどんなに野心があって、成功したいかという話をしたら、どうします……。

美恵子　そういう人がいるとしたらねえ……。どうしようかなあ、ま、つきあわないな。つきあわないか、いじめてやる（笑）。

フィリス　でも、ちょっと刺激にならない？

久美子　いやよ、そんな人！（笑）

美恵子　徹底的にいじめてやるな。アハハ……。

フィリス　ほんと？　でも、それじゃ毎日落ち着きすぎない？

久美子　そうねえ、だからあんまりわたしたちは成功しないのよ（笑）。

フィリス　そんなことないわよ。あのね、イギリスのヴァージニア・ウルフは日本でも有名だけど、あの人は毎日すごくきちんと生活していた人なのね。朝九時から十一時まで原稿を書いて、だんなさんのお昼の準備をしてそれから、原稿をタイプして、丁度十二時に小説の仕事を終えて、一時から三時まで評論の仕事をして、三時から五時まで散歩したの。それなのに、何回も躁鬱《そううつ》状態になったのよ（笑）。

美恵子　いつ躁鬱状態になったんだろう？　そんなに仕事やってて（笑）。

フィリス　感心しません？　芸術家的じゃない？
美恵子　何て言うんだろう、それだけ仕事をしないと鬱になるという自覚があって不安だったんだろうね。
久美子　何にもやってないとおかしくなっちゃうのかしらね。何にもやらない時間に慣れるというのが、生きていくってことじゃないのかしらね。
美恵子　退屈するのに忙しくてさ、鬱になったり、ノイローゼになる暇ないわね。
久美子　退屈だからいやだとか、何かやることがないといやだ、何か面白いことないかっていう発想はないのよ。
フィリス　不満はどうしますか？
美恵子　怒りや不満があるのが普通だと思えばいいんでしょ。
フィリス　確かに、アメリカの場合はみんな幸せになりたいのね。ちょっと幼稚なのね、子供っぽい。
美恵子　そういうことってあるんじゃないかな。フィリスさんもせっかく日本に来たんだから、ダラダラした生活を学んで帰ったらいいんじゃないかな。もっともわたしたちの生活は、日本人でもあきれたと思うらしいけどね。
久美子　郵便屋さんだってあきれてるわよ。お昼頃に、パジャマ姿でねぼけまなこで出て行くんだから。そういうことでまわりがあきれても、まあ、しょうがないわね。若い時はお洒落なんかするじゃない？　きれいなかっこうしなきゃとか、流行の服を着なきゃとかね。今は平気。日本じゃ、それを称してババアになったっていうのよ（笑）。図々しくなったとかね。でも、それも平気。
フィリス　平気ですか？　ほんとに。でも、まだまだよ。
久美子　中途半端な時期じゃないかと思うけどね。
美恵子　男だったら、働き盛りって言うんじゃないの。
フィリス　女だったら女盛りって言うんでしょう。
久美子　一般的にはね。そういうことになってるんでしょうけどね。
フィリス　感じないの？
久美子　全然。
美恵子　盛えているとは思わないわけよ。
久美子　盛えることもなく、ドライフラワー（笑）。あきらめたっていう、そんな自覚的なものではないのよ。なんとなくそうなっちゃったのよ、やっぱりだらしないからじゃないかしら（笑）。結局、いごこちがいいほうへいいほうへとずるずるって感じね。
フィリス　心配しないのかな。
久美子　まあね、本当のおばあさんになってお金もなく、一人でスーパーマーケットに買物にいけば、若い人につきとばされるなんて考えると、暗澹《あんたん》とはするわね。それもたまには考える。預金でもしようかなあ、とは思うわね（笑）。

美恵子　フィリスさんは深沢七郎の小説読んだことない？　あれもいい加減でいいと思うんだけどなあ。すごくいい世界観だと思うんだけど。別に東洋的とか日本的とかいうのじゃなくて、深沢七郎的な世界観ね。ああいうのって、ちょっと面白いんだけど。

ブロードウェイを渡って日本にたどりつく

美恵子　最後に、フィリスさんに一応聞いておきたいんだけど、なんでまた、日本の文学をやることになったんですか？

フィリス　わたしの動機は不純だったわよ（笑）。

美恵子　わたし、不純って好きよ。

フィリス　とても不純だったわよ。でも、答えますよ（笑）。わたしの大学はコロンビア大学だったのよ。それで、わたしはこの大学の女性大学の方だったんだけど、ブロードウェイをはさんで、男性の大学があったのね。わたしは英文学専攻だったんだけど、授業で男性の大学の方へいくチャンスはなかったのね。わたし、どうしてもブロードウェイを渡りたかったのよ。女性ばかりで退屈してたわけ。そしたら、友だちの男性が「じゃ、日本語をやったらどうですか」って言ったのよ（笑）。授業は男性の校舎へ受けにいくわけよ。やっとブロードウェイを渡ることが出来たわ。それで、ずっと毎日渡りましたよ。でも、だめよ。わたしの考え方と日本の考え方は違うもの。

美恵子　偶然だったのね。

久美子　生きるってそんなもんよって感じね（笑）。

フィリス　でもね、わたしの人生の曲り角だったのよ。それで、キーンさんの授業をとったの。

美恵子　キーンさんってどんな人？

フィリス　とっても日本の好きな人ですね。彼は授業で謡をうたったりしたの。もう十二年も前のことよ。

美恵子　そうして、今、わたしたちと話をしてるわけよね。

フィリス　そう。良かったわ。でもアメリカの日本学者は、占領した時に日本語を覚えたんでしょう。キーン先生もサイデンステッカー先生もそうかもしれない。わたしたちのように、今、日本語が出来るアメリカ人の動機はだいたい不純でしょう。

美恵子　そうなのかもしれないけど、それはいいじゃない。たまたま日本文学というのはいいわよ。キーンさんたちのはね、アメリカのいい面といえばいい面よね。戦争で勝ってやって来てさ、そこで割とインテリの階級の将校が、日本語を勉強して日本文学を紹介するっていうのは、やり方が前向きよね。フロンティアだからね。知識人がアメリカではフロンティアだったでしょう。わたしはあらゆる意味で知識人じゃないのね。

フィリス　知識人ってどういう人？　金井さんはどうして知識人じゃないの？

久美子　多分、知識人って呼ばれている人は、外国のというか西洋のことをよく知っているというのがまず必要条件としてあったと思うのよ。日本は後進国だから、西洋のいろんな考え方を、大衆に教えてあげなければという使命感のようなのがあったと思うわ、ある時期までは。最近は、そんなに教えてやらなくても、というより、「教えてやる」という姿勢だけでは駄目になってるんじゃないかと思うんだけど……。

美恵子　ところが、まだ教えてやらなくちゃいけないと思ってんのが知識人じゃないかな。奴等は啓蒙好きね。可哀想だから、わたしたち、啓蒙されたってふりをついしちゃうの（笑）。

久美子　外国のことをよく知っているというのは日本では今も昔も重要なことなのよ。生活レベルから、文学、政治までね。日本は長い間、西洋文化を学んで来たんだからってことよね。テレビや新聞で日々言ってるわよ。それとまったく同じ思考形態でもって日本は古い独特の文化を持ってて、それは外国人にはわからないだろうという発想があるのよ。

美恵子　お花やお茶でも、それこそ外国人にはわかりっこないって、拒絶するように教えるのだろうと思う。

フィリス　この前面白いこと読んだのよ、わたし。あのね、キーン先生は朝から晩まで三十五年間、日本文学を勉強したわけだけど、日本人の八割は、彼が日本語を読めないと思ってるというんですよ。

久美子　へえー。おかしいね。でもさ、日本人の八割はドナルド・キーンを知らないと思うけどね（笑）。

美恵子　なにせ、まだ西洋と正式につきあいはじめて百年だものね。研究してもらうと、ついはしゃぐの、日本人は（笑）。日本では、仏文学者や、英文学者で読めて書けてもしゃべれないというのはよくあったことだけどね。何人か外国人の知り合いがいて、といってても日本語のしゃべれる人としかわたしは話さないんだけど、彼等とざっくばらんに話していると、やっぱり、日本語がしゃべれるのかとか、日本の食べ物は食べられるのかと日本人に聞かれる。どうしてなのか、なんて言うわけよね。わたしも日本人だからさ、愛国心なんて言わないけどさ（笑）、本当は馬鹿だからそういう質問をするんだって答えたいけど、また誤解されるからと思ってやめるわけ。

久美子　日本人だからというのじゃなくて単に想像力がないのよね。

フィリス　わたしも、何で日本に来たのかって聞かれることがあるけど無理ないと思うわ。わたし大きいから目立つでしょう。だから、何してんだ、この外人はって誰でも思うわよ。

美恵子　外人に慣れない日本人のアイサツと言えなくもないけどね、それも。

久美子　大きなお世話よって言ってやればいいのに。

フィリス　だからわたし、無視してるの。で、お花をならいに来た、なんて言うわけ（笑）。

美恵子　ワァー、いい加減なんだ。だんだん日本人的になっちゃったのね。

フィリス　でも、わたしの体を見ると誰も信じてくれないの（笑）。

（一九七九年十月一日　金井宅にて）

あとがき

フィリスさんはいつも日本語で喋ってくれるので、（とても上手な——と私は思う）ついどこの人であるのかなんてことは忘れて、早口でペラペラ喋ってしまう。それに、生け花だの茶道だの、石川淳言うところのコンタン物の話や、大抵の外国人が興味をしめすと思われている能と歌舞伎のことも言わないから、よけい気楽になってこまるけど、安心もする。こういうものに興味を持っていない彼女はホントによい人だとも思ってしまう。気楽ということはいつもの調子ということなのだが。なにしろわたしは日本的と言われているらしいワビだのサビだのとは全く無縁な日々をおくっているのだから。そういうものよりも、フィリスさんが黒いスェーターにインドで作ったという黒いパンタロン、首には長い紫のマフラーでサッソウと歩く姿の方に感嘆もするし、美しさも感じる。

（久美子）

A Mad Tea Party

激写のお話

Guest

篠山紀信

篠山紀信（しのやま・きしん）

一九四〇年、東京生まれ。日本大学芸術学部写真学科卒業。在学中より頭角を現し、六一年、広告写真家協会展APA賞を受賞、六六年、東京国立近代美術館の『現代写真の10人』展に最年少で参加。七六年、ヴェネチア・ビエンナーレ国際美術展の日本館に代表作家として選ばれる。七八年、『大激写135人の女ともだち』で毎日芸術賞を受賞。多様なジャンル、多岐にわたる表現方法で精力的な活動を続ける。二〇二〇年、菊池寛賞を受賞。

ティーパーティー再開

不評のうちにパーティーは終焉とばかり思っていたのだが、道を歩いていると、あの『話の特集』のマッド・ティーパーティーは今度は誰がゲストになるのですか？という声を聞き（本当のことだ）、そうした声の期待にこたえるべく、ここに再開することとなった。

構想もあらたに、と言いたいところだけれど、相も変わらず進歩を拒絶したホステスとして、ゲストの皆さまの勇壮な世界観の一端を聞きながら、しばしの間、遊ぼうというつもり。魅力的なゲストの方々をお呼びする計画です。

再開第一弾は、篠山紀信さん。偶然、銀座のバーでバッタリ会ったところを、出てね、のひとことで、ハイ、ハイ、と承知してもらい、これは、言うまでもなく、わたしたちの人徳というところか、あるいは、マッド・ティーパーティーの名声のせいか、もしくは、篠山さんの軽薄な人柄のせいか？

（久美子・美恵子）

「激写」とエジプトをつらぬく感性

美恵子　今度、まとめて「激写」を見て、はたと気づいたことがあるの。

紀信　へえ、何？

美恵子　つまりね、「激写」っていうのは、分量のことなんだなってことね（笑）。つまり激しく多い、と。だから『GORO』の連載も、一回見ただけじゃ駄目。毎回見てないと「激写」という気分にはならない。

紀信　「激写」っていうから、何か一所懸命撮ってるような感じがするんだろうけども、全然違うのよ、あれ。むしろ、やさしい写真だよね。

久美子　激しく撮ったんじゃ一部の人しか見てくれないって言ってるものね、紀信さん。

紀信　「激写」ってね、ニューヨークやパリにいる日本の男の子にすごい人気なんだってさ。つまりさ、「ウチの村のミヨちゃんも、きっとこんなんじゃなかったのかな」って感じがするらしい。パリなんかなら、性器丸出し、内臓丸出しのポルノ写真は一杯あるけど、「激写」の写真がこたえられないらしいのね。

美恵子　あの手合が彼等にはエロチックなわけね。

紀信　エロチックっていうんじゃないんだねえ。あえて言えば、日本の風が吹いてくる、タタミのニオイがプンとするっていう、そういうことじゃないのかね。外国旅行すると、日本料理が喰いたくなる、あれよ。

美恵子　お茶づけの味というか、ノリのつくだにというか……。

紀信　〝お父さん　がんばって〟だ（笑）。すごい豪華な食物とか、超高級なフランス料理とかっていうのじゃないのね。そういうように宣伝はしてるけど、本当は〝お父さんがんばって〃ですよ、あれは。
久美子　塩分ひかえめ？（笑）
紀信　そうねえ、撮ってるのが中年だからねえ。でも割に最近の若い人ってマイルドな感じでね、あんまりツヨイのやるとインポになっちゃう。
美恵子　あくどいのはだめ？
紀信　そう。ぼくらの子供の頃は、（マリリン・）モンローとかジェーン・ラッセルとかさ、リタ・ヘイワースでしょ。ま、実際にあらわれればおじけづくかもしれないけどね、気持の中ではセックス・シンボルとしてたてまつってたよね。今の若い人達にあれを持ってきたらダメね。本売れなくなっちゃう。
久美子　みなさんがおつき合いしている彼女ってのがいいのか。
紀信　撮ってるカメラも、超望遠、超ワイドとかは使わないで、みなさんがもし、彼女を撮れば、こんなレンズで撮るだろうという標準レンズなんか使うわけだよ。
美恵子　だから、名前だけは「激写」だけど、内実は相当変なもの含んでるね。
紀信　写真が？
美恵子　写真も、写真の受け方も。
紀信　あの「激写」を月に二回やるでしょ。あんまりやってるとお客さんはあきちゃうのね。だから、たまには嫌だろうけど、割に味の強いものを出しておいて、拒否反応を起こさせてまた例の、恥じらいがあってイヤイヤしているようなのをクシュ、クシュって出すと、これがいいわけよ（笑）。

美恵子　なるほどね。かくし味！（笑）

紀信　そうそう（笑）。今やリタ・ヘイワースはかくし味にしかならない。

久美子　オーソン・ウェルズだって食べきれなかったんだもの（笑）。

美恵子　こないだ、エジプトに行ったんですって？　カセットでイエロー・マジック・オーケストラをずっと流していたって聞いたけど。エジプトの風土にぴったり？

紀信　そうそう。

久美子　どうして？

紀信　ウーン。あの人たち割に中国とか中近東を意識した音楽的旋律も持ってるんだよね。だから異和感がなくてね。ピラミッドとかスフィンクスとか神殿の遺跡とかが砂漠の中にあってさ、特にピラミッドなんて、いわく因縁はドロドロしてても我々がたずねて行くと抽象化されたカラッとしたシンボルとして現われてくるわけよ。そういうのにあの手の音楽は合うよ。帰ってからスライド見ながらまたかけたんだけどバザールの雑踏なんかにも合ったね。シンセサイザーが合うんだよね。シルクロードにはさ。

久美子　そんなことを言うとおこる人がいたりして（笑）。勉強が足りませんって。

紀信　そう。だけどね、やっぱり我々は中近東のことってわかってないんだね。ぼくたちがあそこを旅するとエキゾチックだよね。

美恵子　「アラビアン・ナイト」だし……。

久美子　いわゆるね（笑）。

紀信　だからその辺で、あそこを見ちゃうわけさ。だけどあそこの中に住むと、ドロドロとして気味悪いって思うのよね。乾燥なんかしてないんだと思うよ、実は。でもぼくたちには乾燥してるとしか見えないからね。

久美子　長く住んでコシを落ち着けて撮ろうって気はないんでしょう？　すぐ帰ってきちゃうんじゃないの？

紀信　つまんなくなっちゃう（笑）。もう早く日本に帰りたいと思っちゃうよ。つくづく思うんだけどぼくの写真ってね、ここに日本にいて生活して、いろいろ考えたりしてるのを、急にポーンと中近東にそのまま持ってくのね。つまり、この部屋のドアが一瞬とれるとそこが砂漠になってて、ここで食べてるのと同じ感受性でパパパっと見てさ、あ、面白い、面白い、面白くないいってさ（笑）。写真撮って終わるとパッと帰って来るわけよ。それでまたこうして食べてるというね。だからずっと向こうにいて勉強して知識を得て向こうの人の心意気もわかり、なんてのじゃあない。だけどさ、面白いんじゃないの。砂漠の真ん中に、まったくの日本を持ってって日本の感性でもって全部パパッと見てすぐやめちゃうというのは。ぼくが一年半もあそこにいて、ずっとエジプトを勉強して撮ったんじゃあ面白くない。だからスッと行って、原宿でしゃべっている言葉でベラベラって喋って、ベラベラっと見てね、帰って来て、ハイ、あとはシランプリ。と、そういう写真なんですね、ぼくのは。だから日本から望遠レンズでピラミッドを撮ってるという感じでしょう。

美恵子　ああ、なるほどね。

紀信　その辺がいやだという人はいるんだろうけどね。

「薄皮マンジュウ」は嫌われる

久美子　苦節何年とかってよく言うよね。例えば、並河萬里がシルクロード撮ってるね。

紀信　寿命が、あと八〇年、百年欲しいって言ってるけどね。

美恵子　いやだねえ。

紀信　シルクロードを撮るのにあと百年かかるって言うのよ。オレ、百年なんてかかんないよ。三年で充分よ（笑）。百年欲しい人は二百年あっても三百年あっても足らないよ。

美恵子　百年生きて撮った写真と、三年で撮ったのと、どっちがいいかって誰に聞いたって百年の方がいいって人はあんまりいないのじゃないかなあ。「百年の孤独」っていうんじゃないの、そういうの（笑）。写真なんて表面だものね。

久美子　篠山さんのそういうやり方じゃあ、わからない人ってまだいるの？

紀信　最近はそれでぼくは押し切って来てるから、言うとカッコ悪いという所があるわけでしょう。

美恵子　言うとダサイと――。

紀信　そうそう。はじめの頃は言われたよね。「もっと勉強して撮らなくちゃ!」。開口一番言われるよ。「ガウディ? もっと勉強!」だよ。

美恵子　そういうことを言う人って写真が薄皮をはぐようなもんだってのがわかんないんだよね、現実のね。まあどの分野でも同じじよね。薄皮マンジュウは嫌われる(笑)。

紀信　薄皮って言えば、じゃ、そのマンジュウ全部をどうやったら撮れるの。十年いたって撮れないよ。千年いたって同じよ。一瞬でいいのよ。

美恵子　何かを創るって行為はマンジュウを食べる方に本当は近いのよね。見てるだけじゃ駄目ね。食べた方が早いの。そうね、勉強をしてっからって人は多いだろな。

紀信　何がわかるって言うんですか。

久美子　学者じゃないんだからね、写真家は。

美恵子　以前はね、篠山さんて何かあれば駆けつけて撮る写真家なんだと思ってたんだけど、本当はそうじゃないんだね。表面的には駆けつけてるわけだけど。

紀信　そりゃ、ね、カメラマンだから行かなくちゃなんないからね。肉体は行ってるけど動いてないんだよね。

美恵子　あくまで望遠レンズなのね。

久美子 深みがないというか表層の人なんですねえ。
紀信 そうかしら。ほめて下さったようで（笑）。
久美子 もちろんほめたの。ほら思い入れとかあるけどさ、そういうのはない方がいいんじゃない？
紀信 思い入れってあったと思うよ、ぼくにだって。でもね、それがあると写真がつまらなくなるね。写真ってのはパッと出して、あとはみなさん勝手に思い入れして下さいってもんでしょう。だからさ、土門拳の写真ってマリファナ吸ってる人にはとってもいいんだってね。
美恵子 あらッ、へえー。
紀信 すみずみまでピントが合ってるでしょ。マリファナ吸ってトリップすると葉っ葉の一枚、花の一枚、石っころの一つ一つすみずみまでピチッと見えるからいいんだって。
美恵子 マリファナ吸うとピントがものすごく合うというものね、物の一部にさ。
紀信 あたしはやったことないから知りませんがね（笑）。土門拳にとっちゃ迷惑な話かもしれないけど、そんなこと関係なくてね。写真ってのはどう思われてもいいわけよ。
久美子 自分がマリファナ吸って撮ったような写真はきらいだわ。
紀信 そりゃいやだろうね。自分だけいい気になってさ。
久美子 石元泰博の写真はどうかね？

紀信　いいんじゃないの。マンダラ、マンダラ、あれはいいよ。マリファナ写真家だ（笑）。
美恵子　マリファナ写真家っていいね。
紀信　マリファナ用写真ね（笑）。
久美子　『草月』って雑誌で篠山さん、花の写真撮ってるでしょ。あれなんかまさにマリファナ写真じゃないの。ほめてるのよ（笑）。

表面的カメラマン

美恵子　こないだ聞いたんだけど某女流作家が篠山さんに写真を撮ってもらって非常に喜んだって。
久美子　その某女流作家はね、前に木村伊兵衛に撮られたことがあったんだけど、その頃、木村伊兵衛は東北の農民のシワに凝《こ》ってたんだってさ。吉行（淳之介）さんに言わせるとないシワまで撮ってた時期だったんだって（笑）。それでその女流作家は、もう写真はケッコウって気分だったんだけど、今度、篠山さんに撮ってもらってとっても気にいったんですって。
紀信　とりあえずぼくは、良く撮ってやるというか、好意を持って撮ろうと思うね。嫌な人は、だから撮らない。悪意に満ちたいやらしい写真を撮るというほどまでは、ぼくは親切ではなくてね。悪意に満ちて撮るというのはかえって難しい。

美恵子　そうかもしれないな。

紀信　写真って割と良く撮れちゃうもんなんだよ。それに撮る以上は良く撮ってやろうと思ってるわけ。農民のシワや乞食を撮ってリアリズムってのがかつての写真のわけでしょう。こないだ撮った野上弥生子さん、色気のある人だったたね。九十五歳というのにおばあさんって感じがしなかった。だからそれを生きたミイラみたいに撮るというのはしたくないのね。それが現実だって言われたってオレはそう感じないわけ。それでね、書斎で仕事しているところを撮ることになったんだけどさ、野上さんが「いろいろ作家の写真を見ましたけれど、みなさんたいしたもんですねえ、キチンと坐ってお書きになって」って言うのよ(笑)。「わたしにはそんな芝居は出来ません」って言う。

美恵子　そりゃ、そうだ。

紀信　書斎にはちゃんとイスがあるのに、それには坐らないで、ソファのはしにちょこんと坐るんだよね。「どうぞ」ってわけだよ。「先生そっちのおイスに――」って言っても「そこでは書きませんから、そんな芝居は出来ません」ってわけね。撮られるのは嫌だったらしいけどそうやって気をつかってくれてるわけでしょ。だからね、ぼくはとりあえず善意を持って撮ることにしている。そうすればその人の一番いいところが出てくると思うのね。

久美子　ウン。あのね、人間だけじゃないと思う。篠山紀信の写真は、風景も喜んでるみたいよ。見られて欲しいように撮ってくれるって感じがするんだよね。

美恵子　だから作家もさ、いい男だとか、いい女だとかって言われるような写真がいいわけよね。内面を撮ってくれなんて誰も思やしないのにね、写真家はそう思わないみたい。

久美子　作家とか芸術家ってのは作品の内面だの苦悩だのをほめられても満足しないもの。まだまだ、もっともっとと思うもんだし、第一自分の作ったものをピントはずれにほめられてもうれしくないもんよ。それよりピントのあったきれいな顔を写してもらった方がずっとうれしいよ。

美恵子　だからさ、カメラマンって表面を撮ればいいわけでしょ。ところが芸術家とか、小説家の顔を撮る時は、シワであるとか、苦悩であるとか要するに内面を撮ろうとするのよね。

紀信　撮れないものを撮ろうとする所に、かつての写真家の不幸があったのね。

美恵子　栄光というか、悲劇というか、喜劇というか（笑）。

紀信　だからぼくが、作家・金井美恵子を撮る時にね、二人で撮っていくうちにさ「あ、美恵子ちゃん、きれい、可愛い！」とかって言ったら「あたしはね、足が頭につく特技があるのよ」って縁側の上でパッとやっちゃった。

美恵子　割と乗る方だから、あたしって（笑）。

紀信　それはまぎれもない金井美恵子だよね。

美恵子　いい写真だった。

紀信　そうでしょう。それが写真だと思わないとね。金井美恵子の苦渋に充ちて書斎を歩く姿なんて見たくない（笑）。

久美子　一種の交流、交歓というものなのかしら。人物の場合はね。風景もやっぱりそれを望んでるんじゃない？

紀信　それわかるね。見られたがってる風景ってあるよ。それをぼくは撮りたいねえ。

久美子　面白いわねえ。そういうのって誰も撮らないんじゃないの。

紀信　だってみんな自分の世界を作って、風景まで自分のにしようって言うんだから大変よ。くたびれちゃう。

美恵子　結局日本には表面的なカメラマンってのはいなかったんじゃないの？　表現はしたかったんだろうけど。

紀信　表面的カメラマン！　いいねえ。

カメラで性交する

美恵子　写真っていう日本語はいつ頃出来たのかしら。

紀信　この前、ＮＨＫの教育番組に出た時に教えてもらったんだけど、忘れちゃったよ

（笑）。

美恵子　つまり〝真を写す〟ということが、ずっと日本の写真を支配して来たんじゃないの。

紀信　そうね、ウソをウソとしてちゃんと撮ると、かえって、本当が写るというのは、割にやって来てないことだね。ぼくは、それをタレントを撮って一番わかった。あの子たちが、スターとして輝いている時にさ、それをもっとスターっぽく撮ると、一番あの子たちにはいい。あの子たちの仮面をはぐなんていって、楽屋でボーッとしてたり、飯食ってたりするのなんて見たくもないよ。ぼくはウソの上にもっとウソをすると、本当が見えてくることをタレントから教わったからね。だから、ポーズもつけないようにしてるんだけどね。

美恵子　いつだったか郷ひろみと山口百恵を撮るっていうので、六本木のスタジオまでくっついていったことがあるのね。そういえばそうだった。ポーズもつけなきゃあ注文もしないのね。二人がニコッとして、ヤアヤアなんて言い合ってパチッと撮るという感じだった。こういうもんかなあって思ったわ。映画に出てくるカメラマンとは全然ちがうの。

久美子　『欲望』のデビット・ヘミングスでもなくテレビCMのROPÉの（リチャード・アヴェドンでもないわけか。

紀信　いやだねえ、あれ。「ビューティフル！」なんて言っちゃってね。いくらアメリカが写真の後進国って言ってもよ（笑）。それでモデルがいい気分になるなんて本気で思ってんのかね。

久美子　写真の撮り方ってああいうもんだって一般的に思われてない？

紀信　そう、『欲望』がかなりイメージ作ったよな。ぼくを撮りにくるカメラマンは必ず「激写」してるところをって言うのね。多分、モデルに馬乗りになるわ、どなり散らすわでさ、あれが「激写」だと思ってんのね。とんでもないよ。

久美子　「芝居は出来ません」ね！（笑）

紀信　ボソボソ言って「ハイハイッ、ハイハイッ」って言ってるだけなんだから。

美恵子　「ハイハイッ」なんて言うの（笑）。

紀信　でもね、口には出さないけど内で言ってることはあるね。

美恵子　ビューティフル！　って？（笑）

紀信　馬乗りにはならないけどさ。たまにね。

美恵子　誰の時そうなの（笑）。

紀信　言うのォ（笑）。

美恵子　さしさわりがあるんだったらいいけどさ。

紀信　そんなこともないけどさ。誰だろうねえ。フッとその時の体調でムラムラッとするとかさ（笑）。

美恵子　いやねえ（笑）。
久美子　前に関根恵子のお風呂の写真を見たことがあったけどさ、あれ、篠山さんと何かあった後の写真じゃないかと思ったわ。
紀信　あのね、カメラマンって面白いんだけどね、どうもやっ、ちゃ、うのってダメみたい。
美恵子　カメラで性交しないとダメなのね。
紀信　そうね。だから、後でするとかね、まあ、アフターサービスで、ああよくやった、よくやったですするのはいいけどね。良く撮るためにやろうというのはダメね。そこで完結しちゃう。
美恵子　後技よ。
紀信　そう。だから、やんないのよ。こっちはもう写真を撮り終えて完結してるんだからね。じゃ、また、次を（笑）。だから、カメラマンは前技のみね、本技ぬき。ひでえこと言わせるねえ、まったく（笑）。
久美子　関根恵子を撮るのとシェリーみたいな子を撮るのとは全然違うでしょ？
紀信　ああいうのは心の中で馬乗りになっちゃうとダメだね。前に体操をエイヤッーってやってさ「ヨシッ！　さ、行くぞ、それーッ」って感じで行くとパッと撮れちゃうのね。デレッとしてどうしようかなあなんてぐずぐずしているとつまんない写真しか撮れないことになる。こっちがポッポッとくれば向こうもポポポッでしょ。そうすりゃあパパパッて撮れるじゃない。腹の出たいやらしい中年が何してるんだろって向こうが思えばいい写真は撮れないよ（笑）。

久美子　アハハハ。関根恵子は？

紀信　あのお風呂に入ってるのを撮った当時の彼女はさ「ハイッどんといらっしゃい」「胸を貸してあげましょう」って感じじゃない（笑）。あの人の場合はシェリーを撮るみたいにちゃかちゃか飛び廻ったら馬鹿じゃないのって感じになっちゃうよね。だからドーンとその豊満な胸を借りていくという感じで行くわけよ（笑）。

久美子　それじゃあ大相撲の写真じゃないの（笑）。

美恵子　百恵の場合はどうだった。

紀信　あの人はねえ、そういう分類で言えば撮る前はシェリー。撮り出すと急に関根恵子になっちゃう。終わりって言うとパッとシェリーになっちゃう。ぼくはずっと関根恵子イメージで行こうと思っても終われば「イエ、わたしはシェリー」だもんねえ（笑）。

美恵子　友和の前だけなんだ、関根恵子になるのは。

紀信　あれは、かなりみさおが固いんじゃないの。

美恵子　山口百恵なんて、覚悟を要求してる女よね。なんで三浦友和みたいなガードマンみたいな子と結婚するんだろうって、誰だって思うのよね。宇津井健に似てるのね、あの子。

久美子　そう、宇津井健に似てるなあって言ってたら、仲人が宇津井健っていうでしょ、笑っちゃったわよ（笑）。

写真一筋、裸一貫

美恵子　で、篠山さんとしてはどっちのタイプが好きなの？

紀信　まだ聞くの（笑）。そりゃさ男だからどっちも好きよ。ま、しかし結果的にはシェリー風奥さんをもらってますけどね。

美恵子　あまり日本的じゃないのよね。

紀信　まだ二人しか奥さんもらってないけど統計とると両方ともハーフでさ、だからと言ってぼくが日本の女が好きじゃないなんて、とんでもないからね。

久美子　そォ。でも結婚するのにドメスティックじゃない人を選ぶというのはおもしろいわね。逆に篠山さんがドメスティックだから、ほれられたのかもしれないね。

紀信　そうかもしれないね。ドメ・ドメにドメスティックよ。

久美子　東京の土着かしら（笑）。

紀信　大土着だよ、オレは（笑）。

美恵子　案外おかあさんじゃないのかな。

紀信　向うが？

美恵子　違う。篠山さんが！（笑）
紀信　オレが⁉　そうねえ、それはあるかもね。
久美子　篠山紀信は菩薩である！（笑）
紀信　母性的というか割と気を許すみたいだね。
久美子　「激写」の女の子たちもポーッとしてるというか、安心して撮られてるみたいね。
紀信　だから、あたしがホモでインポってわけじゃないけどね（笑）。
美恵子　撮られたものの経験で言うとさ（笑）、何となく安心するのよ。ほんと、もちろんきれいに写してくれるということもあるんだけど。つまりね、雰囲気づくりのうまい人よね。
紀信　意識的に道化をしてるってとこあるね。自然にオネエ言葉喋ったりするんだよね。だからってどうなるってもんじゃないんだけどさ、ほら、ヘアーとかメークの人って男でも、ほとんどおネエさんでしょ。そういう言葉になっちゃうのね。
久美子　異和感がなくなるのかな。同性同士って感じで。
美恵子　ほら、女湯に入ったようなもんよ。
紀信　そうそう。今すごくそう思った。
久美子　背中流しっこするようような。
紀信　三助というのじゃなくて一緒に風呂に入ってるって感じなんだよね。

美恵子　女になっちゃうのよね。それで「あなたの体ってきれいねえ」とか「オッパイの形、きれい！」っていうことをやってるようなもんなのよね（笑）。

紀信　そうかあ。女湯商売か。オレおこられるよ、写真家協会からさ。「君は写真家と女湯商売を一緒にするのか」って。

美恵子　昔はよく婦人科って言ったでしょ。そういうんじゃなくて女湯なのよ絶対に！（笑）

久美子　関根恵子もそうだけどさ、他にもお風呂関係の写真て結構ない？

紀信　あるある。お風呂から出たあとっていいんだよね。血行よくて。

久美子　あのね、谷崎潤一郎の小説で読んだんだけどね。

美恵子　『痴人の愛』だな。

久美子　そうだ。お風呂から出たすぐあとってよくないんだって。赤いから。少したって冷えると……。

紀信　しまる、と（笑）。なんだよ、コイのあらいみたいじゃないか。でもお風呂に入れてポーッとさせたいなって人は随分いるね。風呂あがりがやけに似合うって人がいるよ。山口いづみ、夏目雅子――。

美恵子　佐久間良子もそうだな。

紀信　そうだね。ポチャッとしててね。色が黒い人はダメ、風呂あがりは。

久美子　玉子みたいな人ね、いいのは。あっそうそう、これは聞かねばと思ってたんだけどさ。篠山さん写真撮ってない時、何してるの？

紀信　メシ食ってるか寝てるか、酒飲んでるか。まあね、だいたい写真に関係あることしかしないね。趣味が写真だからね。

久美子　じゃ仕事って感じじゃあないわけ？

紀信　仕事って感じの時もありますけどね。でも嫌いなものはことわることにしてるからね。写真は面白くてしょうがないね。

美恵子　遊びなんだな。そういう部分てあるんじゃゃないの。

紀信　ウーン。ま、あるだろうね。大体写真が好きでなくなったら撮れなくなるよ。結局ね、本読んでも映画見ても何しても写真と関係あることとしてるよね。いつも。

美恵子　ずっとそうやって来たのね。

紀信　そうそう。写真一筋！　裸一貫（笑）。

久美子　余分なことは考えないのね。

紀信　余分なこと考えると疲れるから考えないのね。体調だね、写真って。

久美子　そういう所、男っぽいわね。大藪春彦の主人公みたいよ。

美恵子　ともかく、篠山さんてスピードの人よ。速度の人よ。あたしは映画もスピードのあるのが好き。

久美子　イジイジ余分なことを考える人間は馬鹿よ。

紀信　でも余分なことばっかりやってて、粋って言われる人がいるじゃない。例えば植草甚一さん、余分なことばかりしてたんじゃないの。

久美子　あれも結果的には余分なことは何も考えなかったってことになるんじゃない。

美恵子　つまり単純であるということよね。ほめ言葉ね、これ。あんまり屈折したカメラマンにいいのはいないね（笑）。

久美子　そうね、複雑ね（笑）。

紀信　カメラマンって、ま、馬鹿じゃ駄目だけど、あんまり理屈じゃない方がいいね。馬鹿だから理屈言うんでしょ、カメラマンっていうのは。

美恵子　批評家もそうよ（笑）。

久美子　仏像の写真は撮らないの？

紀信　仏像ねえ、撮ったことあるけど面白くないんだよなあ。土門拳と対談したらさ、「仏像は走ってる！」て言うのよ（笑）。「そうですか」って言ったけどさ。大変なんだって、仏像おっかけてるのは。何だって森羅万象走ってないものはないくらいはわかってるよ。わかるんだけど、走ってるってわかるのは仏像に興味があるからなんだよ。向こうも夕陽がさしたりして物理的に変わるし、自分の気持も変わることもあるんだから、そういう意味では走ってるって言えるけど、だけど走ってるってオレには見えないんだからね。

久美子 そりゃ、篠山さんはお寺の子だからさ。

紀信 そう！　お寺の子だから仏像なんて、あんなものありがたくも何ともないんだ。あれは友達ね。

美恵子 それじゃ、まさに「135個の仏像」でも出来るじゃない（笑）。

久美子 「135個の仏友達」じゃないの。

紀信 うーん、友達じゃないな。あれはなに、遊具よ。

美恵子 お寺の子が仏像撮るのは嫌味よね。でも篠山さんが仏像を撮ると、お寺の子ってことに結びつけて批評家は喜ぶだろな、きっと。

紀信 お寺の子が裸を撮ってるってのはいいよね。同じ功徳でもさ（笑）。

美恵子 石元さんは割と仏像の写真撮ってるよね、なんとなくあれは、アクターズ・スタジオの俳優みたいなのね（笑）。土門拳とは違うね。

紀信 そうね、あの人は曼陀羅みたいな平面の方がいいのね。

美恵子 石元さんも『草月』で花の写真も撮ってたよね。

紀信 でもあの人のは面白くないよ。あの人の花は。「バウハウス」なのよね。

久美子 そうよ「モダン」なのよ。マーロン・ブランドよ。だから、全部面白くないの、でしょ。桂離宮撮ったって、モンドリアンでしょ。そうでしょう。

美恵子 でもさ、森山大道なんかの手合が風景や物を撮ろうというのよりはいいけどね。

「バウハウス」的というのは抽象的概念だものね。個人っていうことじゃないものね。やっぱり個人的な写真を撮ろうとするとよくなくなるわよね。

久美子 あら、じゃ、荒木経惟さんは？

美恵子 あそこまで徹底すりゃ別よ。

久美子 やっぱりさあ……。ねえ、あれはさあ（笑）。

美恵子 ちょっとねえ（笑）。

久美子 あそこまで深く考えなくてもいいんじゃないの。真面目にさ。いいよ、真面目じゃなくてもってことよね。

（一九八〇年四月十六日）

あとがき

どうして人はカメラマンになるのかなと、ときどき思うが、全然わからない。わからないのはちょっとシャクで不安でもあるから、ひどいコンプレックスを持った窃視《せっし》症の人間が写真機をいじくりまわしてカメラマンになるのかもしれないという古風な概念で納得しようなどと、いやしく考えたりすることもある。そういえば昔『血を吸うカメラ』ってコワイ映画もあったっけ。

でも篠山紀信の写真を見ると、こういう、何か物事には原因があるような考え方はくつがえされるから、ますます写真家も、写真も不可解なものになってしまう。「どうして写真家になったの？」などという愚問は篠山さんを前にしては恥ずかしくて言えたもんじゃないし、第一、篠山さんとお喋りしていると頭にもうかんでこない。

どうやってタレントや風景を撮るかという話はこの鼎談でもたびたび出てきたのだが、私はとても面白かった。篠山さんの写真を見ているとそれを撮影している写真家を見てみたいという気持がおこってしまうので、つい私はノゾキ趣味的に聞くことになってしまうが、篠山さんがそれに答えてくれる話しかた身ぶりは、いかにも魅力的で楽しかった。

（久美子）

A Mad Tea Party

シュルレアリスムのお話

Guest

巖谷國士

巖谷國士（いわや・くにお）

一九四三年、東京生まれ。フランス文学者・評論家。六三年、瀧口修造、澁澤龍彦との出会いをきっかけに、シュルレアリスムの研究と実践を始める。東京大学仏文学科大学院在学中にブルトン『ナジャ』、フーリエ『四運動の理論』などの翻訳を発表して、明治学院大学の教授となる。文学・美術・写真・映画・漫画から旅・森・庭園まで、幅広い分野で執筆・講演・展覧会などの活動を展開。著書に、『シュルレアリスムとは何か』『封印された星』『澁澤龍彦論コレクション』（全五巻）、『マン・レイと女性たち』ほか多数。

シュルレアリスムのお話

まえがき

巖谷さんと会っても、まとまった話――というのがどういうものか、良くわからないけれど――をしたことはない。遊びに行くと、レコードをかけてくれたり、御馳走を出してくれたりしている合い間に、いわゆる雑談をする。雑談というと聞えがよすぎて、はっきり言えば、馬鹿話をしてアハハと笑って、飲んだり食べたりして帰って来るのである。

いわゆる仏文学者のイメージとは、いわばほど遠く、大学の先生のイメージともほど遠いので、どういう顔で学生に講義などしているのだろうと思ってしまうし、それに、どうも、わたしには彼に教師などという職業がつとまるとは思えないのだ。

はじめて会った時、生意気でいやな奴、と思ったものだけれど、それは向こうもそう思ったはずだ。ただ、つきあってみると良くわかるのだが、巖谷國士の生意気さはシュルレアリストのそれなのだ。生き生きした精神の運動の速度が、自分では〈ぼんやり〉などと言うが、なに、実は凄いスピードで回転しているのである。だから、いきおい、会話は一つのテーマに止《とどま》ることを知らず、無限にひろがる。

（美恵子）

謎の怪人・巖谷國士

久美子　あたしが巖谷さんの名前をはじめて知ったのは、シャルル・フーリエの『四運動の理論』の翻訳者としてだったんだけど、あれは雑誌かなんかに載ったものなのかしら。

巖谷　いや、雑誌には載らなかった。突然、本になったんだね。

美恵子　あれは一九七〇年だったと思うけど、当時は、フーリエのことを言ってる人なんてあんまりいなかったでしょう。シュルレアリスムだって、ほとんどかえりみられない時代にはじめたわけよね。

巖谷　どうもぼくは、時代の風潮に乗りにくいタイプみたいね（笑）。

久美子　ませてたのよね、巖谷さんて。はじめて会ったのが、七〇年だったでしょ。あの時はいくつだったの。

巖谷　二十六、七かな。でも、ませてたっていうけど、どうなのかね。他の人みたいにじっくりかまえないで、割と早くから書き出したっていうだけのことじゃないのかな。そういうことなら、美恵子さんのほうが早いよ。

美恵子　うん、年齢的にはね。

巖谷　ぼくは二十二、三の時からだから。美恵子さんは十代からはじめたわけだし。

久美子　巖谷さんがませているというのは、ものを書きはじめようとした時、すでにシュルレアリスムだって決めていたってこと。つまり、自分の方向が若い時からはっきりしてたってほどの意味だけど、巖谷さんが瀧口（修造）さんとお知りあいになったのだって十代でしょ。

巖谷　二十歳のとき。でも、別にシュルレアリスムだって決めてたわけじゃないよ。何にでも興味があるんだから。

久美子　あたしさ、正直に言うと、巖谷さんがブルトンをやってるなんて全然知らなかったし、だいたい巖谷國士っていかめしい字ヅラでしょ。会うまでおじいさんだとばっかり思ってたのよ。

巖谷　みんなそう思ってたみたいだ（笑）。

久美子　『幻視者たち——宇宙論的考察』「フロラ・トリスタン」「シャルル・フーリエ」巖谷國士訳、って活字で見てごらん、先駆的なおじいさん学者って誰だって思うんじゃない？『同時代の文学』川本三郎、だったらね、ああ、若い人ねって思うわけよ（笑）。

巖谷　名前からすると、美恵子さんが前に書いていたように、大正時代のアナキストか、あるいは麻雀の名人ね……（笑）。

久美子　フフ、国士無双……ね。平和《ピンフ》でいいんじゃない？　國士は危険よ。あの頃、稲垣足穂が新潮社の日本文学大賞をもらったり、夢野久作全集が出た頃だからね。澁澤（龍彦）さんなんかに影響を与えた日夏耿之介《ひなつこうのすけ》とまでは言わないけど、あんな感じのジイサンじゃないかと。

巖谷　あの辺と同世代と思ってたわけか。いまでも、澁澤さんあたりと同世代だと思ってる人はいるらしいよ。だいたい、よく本の奥付で著者紹介というのがあって、何年どこそこ生まれなんて出ているけど、ぼくはそういうの書かなかったんだよね。

美恵子　じゃ、ずっとそういったイメージでやればよかったのに。

巖谷　本当はつらぬきたかったんだよ（笑）。でも、いちいち言わないと、書かれちゃうんだ。日本では習慣として、作者についてのデータが求められてるから。

だから、対談っていうのも苦手だな。顔の写真が載っちゃうからね。

美恵子　もっと幼稚な人なら、変装して出てくるところよね（笑）。

巖谷　それとね、対談が苦手だっていうのは、ほかにも理由があって、ぼくはあまりしゃべらないほうだし、それにぼんやりしてて、あまり相手の言うことを聞いてないことがあるのね。自分の中で対話してるのかな。

美恵子　そう、そう（笑）。

久美子　でもさ、しゃべらないっていうの、どうかねえ（笑）。あたし、随分いろいろ聞いた記憶あるよ。

巖谷　いや、サービスもあるかな、それは。でもぼくは、モノローグ派じゃないかと思ったりする。ふだんも、別のこと考えていて、相手の話を聞いてないことなんてよくあるから。たとえば、誰かに道を聞くじゃない。そうすると相手はいろいろと説明してくれるね。立ち去った時、何もわかってない（笑）。どうも、そういうところが駄目なんだよね。ぼんやりというか、幼稚というか、社会性がないというか。

シュルレアリスム的人間

久美子　それでよく生きて来られたわね（笑）。

美恵子　シュルレアリスムのことをやるというのは、その辺と関係あるのかね。大学は仏文でしょ、最初からシュルレアリスムをやろうと思って入ったの？

巖谷　専門っていうのは、レストランのメニューの中から、ポンと選んで、これでやるとおいしいとか、具合がいいだろうとか、儲かるとかね、そう考えてやる人もいると思うけど、ぼくはそうじゃないのね。思うに、ガキの頃から、シュルレアリスムだったんじゃないかと思うんだ（笑）。

久美子　でも、自分の考えてることがシュルレアリスムだと気づいたのは、例えば（アンドレ・）ブルトンを読んでからとか、瀧口修造を読むとかしてからなんじゃないの。

巖谷　そういう意味で言えば、絵だね。絵は何でも好きだから、シュルレアリスムに限ったことじゃないけど、もっとずっと子供の頃から、ああいう傾向の絵っていうのが、ぼくには身近だったんだ。絵描きの叔父の家に入りびたって、画集なんか見てると、自分がやってたことに近いものがあってね。ぼくには自然だったのね、それが。

久美子 知識として入ってきたものではないわけだ。子供時代の延長としてごく自然ってことなのかな。

巖谷 だから、何かのアンチテーゼじゃないんだよ。それまでにいろいろ勉強でもしてて、ようやく発見して、新しいものに行ったんじゃなくて、はじめっからシュルレアリスムなんだよ（笑）。ある意味ではね。

美恵子 どういうんだろ、それ。

巖谷 どういうんだろ。あんまりまともなガキじゃなかったのかもしれない。学校にもちゃんと行かなかったしね。絵や映画ばっかり見てた。

久美子 あたしがシュルレアリスムの絵をはじめてみたのは、ルネ・マグリット。十ぐらいだったけど。その時ゾクゾクしたのね。例えば、見世物小屋とか怪奇映画とか、あと、実話雑誌ね、親にかくれて読んだ。旅人を殺して人肉をほして食べてた一家の話。ああいうふうなものと全く同じ。ちょっとうしろめたいんだけど、どうしても目がいっちゃうような。こわいやらうれしいやらで、面白かったのよ。

巖谷 ぼくもそうね。簡単すぎるかな。

久美子 それから少したって、意識してブルトンのものを読んだり、『美術手帖』や『現代詩手帖』でシュルレアリスムのことを読んだりする内に、だんだん、これはりっぱなものなんだなって思いはじめたね。天沢退二郎流に言えば十二歳以上の教養。

巖谷　最初の印象と違うわけじゃなくて、連続してるものなんだけどね。

美恵子　日本の場合はさ、ほら、大岡信や清岡卓行だとか村松剛なんかでシュルレアリスム研究会を作って、いつの間にか、りっぱなものになってたのよ。

久美子　うん。シュルレアリスムだって学問の対象になってきているわけだから、研究者が出てきたり研究会が出来たりして、論文が発表されるのも当然だとは思うわ。でも、面白くないの、あんまり。論文がそうだってわけではなくて、なんていうかなあ。シュルレアリスムが学問になっちゃうってことがかな。

巖谷　まあ、研究会というわけだからね。ぼくはそういう意味では研究してるわけじゃないの。だって、はじめっから自分の考えていることをシュルレアリスムで表現しようと思ってたから。子供の頃から。

久美子　幼稚なんだね（笑）。ま、それはともかくとして！

巖谷　幼稚なんだよ（笑）。だから子供の頃と同じことやってるとも言えるわけ。

もちろんシュルレアリスムといっても、いろいろあって、シュルレアリスムとはこういうものだ、というのを読んで、シュルレアリスムと思ってる人もいるわけね。それはまあ、手軽なイデオロギーとしてね。あるいは、合言葉。あるいは要約。そういうのには、ぼくはあんまり興味がないのね。面白いのは、書いてあること全体なんだから。絵でも映画でも何でもそうだ。子供の頃からつながっているっていうのは、好きなものがそんなに変わってないっていうことかもしれない。本は読むし、マンガも見るし、映画に行くとか、芝居、サーカス、人形劇、プロレスなんかもね。そういうことが好きで、そればっかり見てた子供の頃から、いちおうつながってるわけ。

美恵子 要するに、シュルレアリスムも趣味に合ったということ？

巖谷 趣味というか、生き方。

久美子 シュルレアリスムを生きてしまってると——。

巖谷 そうだね。自分のやっていることに合うっていうことだから。それと、文章を書くということが、ぼくの場合は、シュルレアリスムだったんだ。そう、文章体験がまずあるね。

美恵子 なに、それ。オートマティスムとかってこと。

巖谷 そう。自動記述というのは、全ての文章がオートマティックだということを言ってるわけだ。それにね、ぼくには、現実と夢とかそういうのが、ガキの頃から、断絶なくつながってるって実感があったのね。文章だって程度の差はあるけど、シュルレアリスムのような文章というのは、少しは変わっているとしても、それとふだん書いてる文章とは連続してると思うんだ。

もちろん、ぼくはまあいろんなことやってるわけで、何のことでも書くけど、そういうのとシュルレアリスムとを、とくに区別はしてないってことね。だから、いわゆる専門とかじゃないんだ。

美恵子　その区別がつかないというのはさ、それは、つまりぼんやりしてるってことじゃないの。

巖谷　そう、ぼんやりなの（笑）。それに、ぼくはひどく目が悪くてね。だいたい、ぼくは天文学者になりたいなんて思ってた時期もあるけど、目が悪くて、あきらめちゃったの。

眼と精神

美恵子　別に目が悪くたって、天文学ぐらい出来るんじゃないの。

巖谷　いや、ぼくの目というのは、ちょっと違うらしい。

美恵子　だって、今の天文学者は目が悪くっても字が読めればいい。

巖谷　いや、ちょっと違うらしい。こんなこと、説明しなくちゃならないのかなあ（笑）。つまり、細かい数字を読むことが難しい。焦点が合わないから、横に重なっちゃう。例えばね、サルトルがガチャ目になったのは、物がひとつに見えるようにするために、ガチャ目になったわけ。

久美子　だから、対自存在と即自存在とかわざわざ物事をわけたりしてね——。ひとつにしたんじゃあ、自分の目に対して失礼だと思って（笑）。まあ、これは冗談だけど。

巖谷　で、ぼくもその斜視らしい。ところがぼくの目は、まともな位置にあるわけだ。それで右の目と左の目の見るものが、ズレるわけだよ。ズレないようにするためには、サルトルみたいになるしかないらしい。

美恵子　そういう必然性があるわけね。ピントを合わせるためには。

巖谷　そう。ぼくの目は常にピントが合ってない。物がふたつに見えてね。いつでもこう、動いてる。だから、数字がよく読めない。電話をかけまちがえたりもする。

久美子　ヘエー。アラ！　それでよく東大に入れたね（笑）。

巖谷　はじまったね（笑）。

久美子　じゃあ、遠近感もだめなの。

巖谷　どうだろう。まあ、他の人よりも、ずっと遠近感があるとか、ちょっと違う世界になっていることはあるかな。だけど、他の人がどう見てるか、ぼくは知らないわけだからね。物がひとつに見えているということが、正確にはわからないんだろうから。

久美子　ホント！　はじめて聞いた。

美恵子　それこそシュルレアリスムよね（笑）。

巖谷　あんまり関係ないんじゃないかな。でも、ぼくはずっと、他の人もみんな同じように見えていると思っていたわけ。それが、高校に入った頃だったかな、眼医者に検眼に行ったんだよ。で、ぼくの目はひとつの物がふたつに見えるということが発見されて、「なんだッ」ってことになった（笑）。これはそのままにしとけって言われたんだけどね。

久美子　今でもそれじゃあふたつに見えているの？

巖谷　今でも同じ。でもぼくにとっては、それがはじめから自然なんで、他の人とどう違うのかって区別はしてないけど、例えばね、物は物であるとかね、AはAであってBではないとかね、あの自同律の絶対主義的な感じね、あれは絶対違うと思う（笑）。つまり客観的というか、相対的なんだ。コップがそこにあるけど、それがふたつに見えて、なおかつ、向う側も見える。

美恵子　ええ、だってコップは透明だから。

巖谷　いや、そうじゃなくて、不透明なものだって同じでさ、ふたつに見えるということは、両方とも影になっちゃって、その向うの物の一部が見えることになる。要するに、ピントを合わせるってことなのかな。写真とか、双眼鏡ね。レンズが傾いていると、物がダブッて見える。

久美子　コップだということはわかるんでしょう。わかんなければもっと面白いのに（笑）、カスパー・ハウザーみたいに。あれはずーっと暗やみの地下室かなんかにとじこめられていて、出てきた時、物の区別が全く出来なかったわけでしょ。要するに、物の見方って文化だからね。

そういう意味では巖谷さんの場合は心配することはないわけね。よかったですね（笑）。
巖谷　よかったよ（笑）。だって、物はいちおう記号だからね。見えている物っていうのは。ぼくの場合、普通の人がどう見るかっていうのを意識したことはある。他の人が、これはこう見えるというのを、意識して聞いてた時代があってさ。それで自然に矯正して、同じように見えるようになっているのかなとも思うけど、本当はよくわからない。他の人と違うように見えてることは確かなんだけどね、物理的には。
久美子　そういうことになるのかしらねえ。物がふたつに見えるというのなら、ちょっとだけ想像できるけど、強度の乱視だったら当然そうなるわけでしょ。でも、その両方とも影になってその向うの物が見えるってのはわかんないわ（笑）。
巖谷　でも、ぼくみたいな目の人って割といるんじゃないかな。別の意味では、誰だって同じように物が見えてるわけじゃないんで、疑っていないだけなんだろうから、そんなに特別視してもらいたくない（笑）。エイリアンではないのだ。
美恵子　それで、映画を観る時は、どうなの。
巖谷　そうね、映画がむかし不思議だったのは、何でもうしろが見えるはずなのに映画にはそれがなかった。同一平面のものしか見えない。
美恵子　ああ、表面だから。
久美子　絵もそうよ。少しは厚みもあるけど。

巖谷　絵のことでも、遠近法の何たるかが割と気になるのは、何でも表面に見えているからかもしれない。

美恵子　遠近法も表面だからね。

巖谷　ぼくには割とひらべったく見えるのかな。

久美子　遠近法って画くのも見るのも結局、訓練だから、たいていの人間は、それほど感じない。

巖谷　まあ、制度だから。

美恵子　つまりさ、巖谷さんの目のその状態というのは、例えば眼球の部分の状態なの。網膜とか水晶体までの話なのかな。視神経じゃないんでしょう。

巖谷　目の表面だろうな。目の表面に筋肉があって、両方から調節しているんだって。片方の筋肉がゆるいとか、そういった原因でおこるらしい。

だから、生まれつき斜視の人間が、普通の人のように見えるには、サルトルのようになればいいわけだ。彼のような人は、ちゃんと見えているのかもしれない。

美恵子　巖谷さんは、目の位置は正常だけどよく見えないと。ところが、脳の方は正常だから、それは脳で修正できるわけね。

巖谷　まだ、よくわかってないらしいね（笑）。しかし、こんなことを言うんじゃなかったな。そんなに変わった人間じゃないんだよ。

久美子　でも、そう思いたいわ（笑）。そのほうが巖谷國士を読む上でもおもしろいもの。
巖谷　どうしても異常にしたいみたいだね。異常じゃないと思うんだけどね。だってぼくは自然に訓練して普通と同じように見ているんだから。
久美子　まあ、見るということは学習することだよね。でも、学習の度合は強かっただろうなって思う。こちらは意識して学習してるわけじゃないのよ。
美恵子　巖谷さんもそうなのよ。
巖谷　ぼくはぼんやりしてるわけだから。
美恵子　それは目の構造のせいだけじゃないわよ（笑）。
久美子　じゃあ何のせい？　目のせいだって言ってやるのが、これまでのつきあいと友だちがいってもんじゃないさ。
美恵子　だからさ、シュルレアリストだからぼんやりしてるって思ってたのよ（笑）。

ジャンルの境界を越えること

巖谷　いずれにしても、ぼんやりしてるよね（笑）。ただ、ぼくが言ったのはちょっと違うことなんで、何でも区別をつけないし、境界をなくしてぼんやりさせるってこと。
　ジャンルについても同じでね、例えば、看板とかアホらしい絵とか、サーカスとか見世物小屋とかいったものから入っていく感覚というのは、おそらく十九世紀の後半からとか、近代のものでね。近代の大衆社会に、そういう子供っぽい感覚がどっと出てきて、それを総合したものがシュルレアリスムだったということもある。話をもどせばね。

久美子　ああ、エルンストのコラージュ、そういう感じあるね。フロッタージュだってそうだね。すごく子供じみた感覚だわ。

巖谷　そう。それと、ジャンルの境界を疑っているところが、ぼくにはぴったり来たわけでね、それがずっと続いてる。いちばんのポイントは、例えば映画だと思う。映画はシュルレアリスムだと思ったことがあるんだ。だいたい、両方とも同じ時代に同じ問題を持って生まれてきたものだから。

美恵子　ある種の演劇とか。

巖谷　いや、演劇はちょっと違うと思う。シュルレアリスムというのは映画の世界だよ。ともに十九世紀末に芽ばえたものだしね。シュルレアリストたちが、少年時代、青年時代何をやっていたかというと、映画に熱中してたわけだ。

久美子　もちろん、無声映画の時代よね。

巖谷　そう。ぼくらにとっては映画や映像なんて見なれちゃってるから、そんなに新鮮じゃないけど、映画というものが見せてくれる、コラージュみたいに時間、空間をポンと越えちゃうところとか、おそろしく通俗的な「ファントマ」式の荒唐無稽とかに、最初にもろに反応したのが、シュルレアリストだったわけ。二十世紀のはじめ、他の既成作家たちの反応とくらべてみると、よくわかるよ。で、シュルレアリスムと映画の歴史は並行してるというのがぼくの考え方。あの頃の無声映画を見ると、その辺はもっとわかるよ。

美恵子 そういえば、アド・キルーの『映画　シュルレアリスム』という本があった。

巖谷 あれはくだらない本だ。シュルレアリスムというのを妙なイデオロギーとして濫用してるだけだから。

絵でいえば、キュビスム、あるいは、ダダという時代の変わり目に、映画も大衆化したわけね。当然、映画の感覚が文章にも影響してきた。ある意味では、詩よりも進んでいた。シュルレアリスムはそのあたりから発生した。

久美子 映画の形式や方法が、自分たちの行為に近いってこと？

巖谷 というより、それ以前に彼らは映画の中に浸されていたということもあってね。詩人が映画に嫉妬して、映画ばかり見てたんだからさ。

久美子 それじゃ、まるで蓮實さんじゃない（笑）。

巖谷 そうね（笑）。何もここで蓮實重彦を出すこともないと思うけど。シュルレアリスムは、映画にいちど失望するんだけど、蓮實さんなら、六十、七十になっても同じことやってるかもしれない。

美恵子 ということは、シュルレアリスムってことになっちゃうの？

巖谷 ある意味ではね。そういえば、蓮實さんの書いてることを、シュルレアリスムの側から、ある程度は説明できるかもしれない。

美恵子　そんな。分類というか説明したって仕方ないと思うけどなあ。それこそイデオロギー的だと思うな。蓮實さんをシュルレアリストにすることないじゃないの。井の頭線東松原駅周辺にシュルレアリストは二人いらない（笑）。

巖谷　その思い入れはわかるにしても、それは短絡だよ。それこそが分類。別に彼をシュルレアリストにしてるわけじゃない。でもあの人の文章には、オートマティックな部分があるからね。それに、シュルレアリスムと関係する人が、シュルレアリストというわけじゃない。シュルレアリスムそのものは、いろんなところに見てもいいんだよ。

万物はシュルレアリスム

久美子　そういえばひところ、今さらシュルレアリスムでもないって風潮もあったと思うし、それから、モーリス・ブランショの何だかで読んだ覚えがあるんだけど「今や、シュルレアリスムはどこにでもある」ってのも、気になったわね、あたし。

巖谷　確かにその意味では、どこにでもあるわけだ。文章だけじゃなくて、造型的なイメージの中にはずいぶんある。

久美子　広告の世界ね、特に。それと現代詩と言われてるものの中にも。

巖谷　もっとも、それがただちにシュルレアリスムとは言えない面もある。例えば、ブルトンの文章の中で、いろいろ定義めいたことを言ったりしてるけど、あれはあくまで部分でね、ひとつの部分を抜き出しても説明できない。あれは暗示しているだけだよ。

ブルトンは、政治的発言としてシュルレアリスムはこういうものだと言ったこともあるから、それを信じちゃってる人もいるわけで、それはいわばカッコつきのシュルレアリスムだ。イデオロギーでね、みんなの欲しがるイデオロギー（笑）。そうじゃなくて、ブルトンならブルトンの文章を体験するということ、それがまずシュルレアリスムを言う前提だよ。そこからはじまる。

美恵子　エクリチュールを読む体験ってことね。

久美子　例えば、ブルトンならブルトンね、思想を読むとか、イデオロギーとして読む態度というのもあるわけでしょ。でもブルトンはシュルレアリストだからまだ別の読まれ方の可能性はあると思うの。でも、それこそサドとかフーリエはね、思想として考えられがちでしょ。こないだ読んだロラン・バルトの『サド、フーリエ、ロヨラ』は、全然そうじゃないんで、おもしろかったけど。

巖谷　それがシュルレアリスムの立場なのね（笑）。サドやフーリエについては、ロラン・バルトまで連続してる。

美恵子　結局、巖谷さんに言わせれば、みんなシュルレアリスムじゃないの。

巖谷　そう。万物はシュルレアリスム（笑）。

久美子　それですんじゃうの？

巖谷　いや、冗談。そんなにマジメにならなくてもいいよ。でも、ブランショが言ったのは、そういう意味だろ。バルトによると、サドとフーリエは同じだし。

ただ二十世紀の芸術の方向というのは、シュルレアリスムからも出ているわけで、その延長でいろいろなものを考えられるし、わかるということはある。実存主義とか構造主義とかにしてもね。別にロラン・バルトもシュルレアリスムに対抗してスローガンを出してきてるわけじゃなくて、いちおうつながっているということでね。

美恵子　要するに、巖谷さんとしては、わざわざエクリチュールとか、レクチュールとかそういう言葉を使わなくても……。

巖谷　言えるってことかな。ちょっと話は別だけど。でも、そういう言葉も前からあることはある。日本では使ってなかったとしても。

美恵子　使ってもかまわないでしょ。

巖谷　かまわないよ。あまりわかりにくいことじゃ困るけど、エクリチュールぐらいなら、わかりやすいからぼくも使ってる。もっとすごいカタ仮名になると、どうかな（笑）。

言葉は過激に更新される

久美子　でも、そういうふうに使ったほうがわかりやすいんじゃないかしらね。

巖谷　どうかな。エクリチュール、レクチュールぐらいならわかるけど、レ・モだエノンセだなんてはじまると、何だかわかんないということもある。

久美子　そういうのは感覚的にわかるのよ。もっともそういった言葉の出てくる本てのは全体の半分もわかればいいほうね、あたしは。わかった気分になったところだけ覚えていて読んだなんて言ってるんだけどね（笑）。でも、今はシュルレアリスムっていうほうがわからないんじゃない。

美恵子　そうね、オートマティスムなんてわかんないかもねえ。エノンセよりはわかるだろ。気分でわかりたい人でもね。

巖谷　「シュール」っていうのなら、わかるんだよ、今の時代は。

久美子　それでいいつもりだね、今の日本では。

巖谷　「シュール」ってのは、ちょっと変わってるってことでしょう、要するに。サザンオールスターズの歌にも「ちょっとシュールな」とか出て来るし。

美恵子　ああいう使い方はすごくいいと思うわ。「最高シュールな夢もみれそうね」ってやつよね。腹をたてる人も多いでしょうけど。

久美子　大いに使っていいんじゃないかな、別の意味だから。でもね、エクリチュールとかを、シュールのようには使わないよ。流行語になって、エクリね、なんていうふうには、ちょっと使いそうにないもんね（笑）。

久美子 いいわね。今度使おうかしら。「妹さんお元気ですか?」「ハイ、おかげさまで最近なんだかはりきってエクリっているようなんですよ」なあんてね(笑)。そうそう、こないだ、あたし、友達にディスクールについて、説明してやったよ。

巖谷 えッ、ここでも説明してくれよ、今、それ聞かせて欲しいね、久美子さん流のディスクール(笑)。

久美子 フン!(笑)

巖谷 そういえば、ミッシェル・フーコーって人がいるね。あの人の文章はわかりやすいもので、半分もわからないなんてことはないはずだけど、翻訳してディスクールなんてカタ仮名で書くと、わかんなくなることがあるね。

久美子 そう、じゃあフランス語で書いてフリ仮名つけとけば?

巖谷 いや、それだったら、はじめから日本語で言いあらわせばいいんだよ、その場その場で。それは翻訳の問題を言ってるわけで、カタ仮名をむりやり使おうとすると、前後の文章までねじまがっちゃうことがあるんだ。それだったら、ちゃんと日本語にしといたほうがいい。近似値的には言えるんじゃないかな、何でも。もっとも、ディスクール、エクリチュールなんてのは、ぼくも必要なときには使うよ。

久美子 シニフィアン、シニフィエは?

巖谷 あんまり使わないな。意味するもの、意味されるもの、あるいは、能記と所記って訳す人もいるけど、なんだろね、あれは(笑)。

久美子 そうでしょう。シニフィアン、シニフィエのほうがわかりやすいのよ。だからさ、その場その場で勝手に読めばいいんじゃないのかしら。第一、カタ仮名で書いてあれば、日本語だと思うけど。

巖谷 そうだね。でも、そうすると、そればっかり使うやつが出てくるわけさ(笑)。それはともかく、要はね、そういう言葉が流行っていることを云々しているんじゃなくて、いろいろなまとめ方で、新しい思想になるっていうことね。つまり、そういうものもある程度は、今までの言葉で言えるんじゃないか、ということかな。

美恵子 それは常にそうよ。過去の言葉で説明できなければ、イデオロギーにならないもの。そこで、あえて新しい言葉を使いたい、新しい言葉を欲しているタイプの人間がいるわけよ。詩人とかね。それに言葉っていつも更新されるものだし、過激なものだもの。メチャメチャにしたって、死にゃあしないし。

巖谷 メチャクチャのほうが、面白いよね。

久美子 あたしは、割に好きなのよね、新しい言葉を使って書く人って。大岡昇平さんはもう七十すぎでしょ。石川淳は八十すぎてるわね。エクリチュールって書いてるのよね。ああいうのはうれしくなっちゃう。

巖谷 あの人たちは、昔からそういうとこがあるね。普通に使っているのとは、ちょっと違う使い方をしたりする。それが粋に見えたりしてね。

美恵子　粋っていえば粋ってことになるけどね。

巖谷　石川淳なんかの、カタ仮名の使い方は、ちょっと面白いよ。ミーハー的に見えて、じつは厳密だったり、その逆だったりするからね。

エクリチュール人間が対談すれば

久美子　まあ、あたしは文章を書いているわけじゃないから、非常にわかりにくい点なんだけれども、話す言葉と、書かれた言葉というのは、絶対違うでしょ。話し言葉には、正しいとか、正しくないとかはないんじゃないのかしら。

巖谷　話し言葉と書き言葉という分け方というのは、はじめからあるものだからね。

久美子　シュルレアリスム以前に（笑）。

巖谷　はるか昔から、乱れてたわけで（笑）。

美恵子　文字ができて以来、話す言葉と書く言葉の違いというのはあったのよ。

それでね、書く言葉と、話す言葉の違い、というのが出てきたので言うわけだけど、対談て余り好きじゃないのね、あたしも。やっていて言うのも何だけどさ。

巖谷　そう、苦手だよなあ。とくに、今回は（笑）。

美恵子　よくよく考えてみると、やはり話すのよりは書くほうが向いているのじゃないかなという気がするね。なにしろエクリチュールの人間なのよね（笑）。
　巖谷さんはどういうふうに苦手なの。

巖谷　ぼくも書くことのほうが楽なんだよね。さっきも言ったけど、ぼくはモノローグ派らしいから、講演なんかは好きだけど、対談だと、どうも対話にならないんだよ。だから、対談はまだ、あんまりやってないんじゃないかな。やむをえなければ出るけど。

久美子　まとまった話ができないとか……。

美恵子　そんなことないわよ。だって大学で先生をやっているんだから、まとまった話はできるわけよ、大学院まで行って先生になる人はさ。だって、論理の整合性というのを学ぶのよ。それが普通。

巖谷　論理の整合性だなんて、むずかしいこと言うね。まあ、大学でだって、別にまとまった話をしているわけじゃないんだ。いきおいをつけて、ベラベラしゃべってる。しゃべっているうちに、だんだん脈路がついてくる。対談じゃないんだよ。

美恵子　一方的だものね。

巖谷　そう。オートマティックに書いてるのと似てるね。あえて言えば、観客の反応を感じながら、自分の中で対話してる。講演はそうだ。対談の場合はそこが違う。

美恵子　対談は、雑談と違うのよね。しゃべったことが一度活字化されるわけだし。

巖谷　ぼくらはふだん雑談ばかりしてるね。

美恵子　雑誌に載る以上は、一応面白いことをしゃべらないといけないと思うわけよ。
巖谷　テーマは何にするとか決められていたりね。
久美子　それに、あたしたちが話すと話が飛躍するわけよ。テーマからどんどんずれてしまう。
巖谷　今日なんか、悪意をもって飛躍してるんじゃないの。でもね、活字になったとたん、書き言葉になるわけだ。やっぱり、そこがちょっとね。
美恵子　ま、そりゃ、しょうがない。
巖谷　ニュアンスが出なくてもね。
久美子　やっぱり、まとまったことを持続して話すというのが、対談じゃないかな。自分と相手だけがわかっていることを話したってそれを読む人にはわかんないわけじゃない。だから、ある程度説明しなければならない。
巖谷　対談にもいろいろあるから……。
美恵子　そういうタイプのもあるし、雑談だけやっていてもいいのもある、バカ話をやってもいいという。ま、これもそのバカ話の一種だけどさ（笑）。
巖谷　わざとやってるみたいだ。
久美子　あたしって話とんじゃうから、あとが大変なのよねえ。
巖谷　でも、今日はどうか知らないけど、ちゃんとやってるじゃない、この連載。

久美子　苦労してますの（笑）、あとで説明つけ加えたりして。ひとつの話を集中的にする人というのは、対談に向いてるのよね。

巖谷　そうね、全然、直さない人もいるみたいだけど。ピタッとまとまっててね。そのかわり相手の言ってることは関係なしに。その人の言ってることだけを追って行くと、文章になってたり。

美恵子　言いたいことだけ準備してきて、相手が何を言っても関係なく、言いたいことだけ言うというタイプね。

久美子　その場その場で反応しあうというのじゃなくて、いわば自分の考えをお互いに勝手にしゃべっているようなね。

巖谷　対、がないわけね。

美恵子　それが、モノローグじゃない。

巖谷　でも、言いたいことを準備しているというのは、モノローグじゃないんだよ。あと、闘う人もいるね。議論になる。ぼくはあんまり議論は好きじゃないから、やっぱり対談は苦手ということになるかな。

久美子　澁澤さんもきらいよね、対談、座談会の類いは。

美恵子　あの人はやらないね。

巖谷　あの人は、ただアーとかって言ってるだけだから（笑）。

美恵子 バカだ、表現主義はキライだって、ポツリと言うだけだものね(笑)。
巖谷 突飛的モノローグね。だから、ぼくとは話が合う(笑)。
久美子 それじゃ、対談にならないものね。
美恵子 ならない、ならない(笑)。
巖谷 この鼎談は、対談になるのかな(笑)。

(一九八〇年七月四日)

あとがき

巖谷さんは去年の三月から一年間ヨーロッパに行っていたので、最初その話を聞こうかと思っていた。なにしろ、とんでもない数の町々や美術館を見てきたと言っていたからそれだけで充分鼎談として通用するのではないかと目論んでいたのだが、それにはこちらの知識不足のせいでやはりだめだと思うようになった。

友人の常として、会ってもあまりちゃんとした話はしたことがない。何がおいしいとか、あの絵は好きだとか、あの映画はつまらなかったとか言い合うだけで、何故そうなのかといった説明はお互いにしたことがなかったような気がする。

だから今回三人で喋り合っていた時もなんとなくとりとめもなくという感じで一体、

鼎談になったのかと心配だったのだが、編集部の鈴木さんのまとめてくれた原稿を読んだら、三人とも結構まともに話しているのでびっくりしてしまった。特に巖谷さんはそうである。今までのつきあいの中ではずいぶんもったいないことをしてしまった。これからはもっといろいろ教えてもらわなければと思うけれど、巖谷さんはテレ屋で恥かしがりだから、どうなるか。

（久美子）

A Mad Tea Party

百恵に狙われたら逃げられない

Guest
平岡正明

平岡正明（ひらおか・まさあき）
一九四一年、東京生まれ。評論家。早稲田大学第二文学部に入学後、六〇年安保闘争に参加。政治結社・犯罪者同盟を結成し、異色の学生運動を行う。六四年、『韃靼人宣言』で評論家デビュー。六七年の『ジャズ宣言』で、ジャズ評論家としても活躍する。他の著書に『山口百恵は菩薩である』『浪曲的』などがある。二〇〇九年、死去。

まえがき

鼎談の前にタンゴのコンサートを一緒に聴くことになっていたのだが、会場である「アトリアム銀座ラ・ポーラ」にあらわれた平岡さんを見て、アッ、『ラストタンゴ・イン・パリ』のマーロン・ブランドだと思った。《あの「らくだ」色というのであろうか、ブランドが下着の上にじかにまとっていた間違いなくイタリア製のオーブァーの色―》のブランド。「玉虫色」とイギリス製、そしてズボンと、セーターを着けていたという違いはあったとしても。昔、十年以上も前だろうか、一橋大学の学園祭でちらっと見かけた時はいかにも『韃靼《だったん》人宣言』の著者に相応《ふさわ》しい可愛らしい少年という感じであった。すなわち夏目漱石の『坊ちゃん』の冒頭部分的な可愛らしさのイメージ。年齢には関係なくこういう元気のよい東京生まれの男の子達がたまにいるのである。マーロン・ブランドであるはずのない平岡正明がマーロン・ブランドであったことのショックは、休憩時間、車の中、鼎談と進むうちに薄れてきた。思っていた通り面白くて素敵な人だった。一九六三年以来、私はずっと平岡正明の著書の大ファンなのである。

（久美子）

平岡正明

1

平岡　山口百恵の『蒼《あお》い時』については、一応データの方は頭に入ってるつもりなんで、百恵に代わってお答えしても結構です（笑）。

久美子　頼もしい限りだけど、あたしは、まず自伝と銘打たれてこういう本の形式をとっているってことに、どっちかというと否定的なのよ。

平岡　はい、はい。それはわかりました。じゃ、最初に、ぼくが問題を提示しましょうか。まず、『蒼い時』の「蒼」という字だけど、これは、モンゴル系騎馬民族の聖痕であるというのが、ぼくの説。

さらに、口絵の写真が、篠山紀信でなく、立木義浩の写真であるということの問題。文豪・山口百恵の最初の写真を、立木が撮ったというのは、面白い。その理由は後で述べます。それから、これは批判として提示するわけだけど、この本についている「今、蒼い時……」という手書きの章ね。原稿というのは、誤字、脱字、訂正があっての原稿なんで、それがひとつもないというのは、要するに清書したわけでしょ。

久美子　そりゃ、そうでしょうね。

平岡　山口百恵の貴重な時間がこういうことに費やされたということがまず、いかん。それと、こういうものがあるために、この本が山口百恵以外の誰かが書いたんじゃないかと、あらぬ勘ぐりをさせるという点ね。三つ目は、これこそ百恵というものに対する、出版社サイドのフェティシズムと差別のあらわれだということだ。

美恵子　でも、スターというのは、フェティシズムの対象でなきゃ、面白くないから、それはまあ、いいんじゃないですか。ファンとしては有難い水茎のあと、ですよ。違う意味では、例えば『彼自身によるロラン・バルト』という本は、バルト自身の絵による表紙からはじまって、見返しにメモのような形で「これは小説ではない」というようなことが書いてあるのね。そこから、すでに《本》というものの形がひっくり返されているわけ。百恵の本の作り方というのは、そういうものとはまるで違っていて、要するに馬鹿げているわけだけれど、それはそれでいいんじゃないの。むしろ百恵がなんであんなに《本》にこだわるのかが、わかんないわねえ。

久美子　でもさ、筆跡をわざわざ載せた所で、それが百恵の筆跡だってわからないんじゃないの？　読者には。

平岡　いやいや、山口百恵の御真筆というのはいっぱいあるわけよ、サインもあるし。

久美子　百恵の字で書かれた原稿をそのまま印刷して、いかにも本当に百恵ちゃん自身がこの本を書きましたって信じさせようとする手にしてるわけね。でも、まあ、あたしは別にリライターがいるとか百恵が本当に書いたとかってことはどっちでもいいと思うけどね。
平岡　だから、それは一つの差別であり、フェティシズムであるわけ。さらに言えば、「まさか、百恵ちゃんがこれほど素晴らしいものを書くとは思っておりませんでした」という活字サイドが、早くも百恵に対応できないということの証拠でもある。
美恵子　集英社のコマーシャル新聞に、百恵のインタビューが出てたんだけど、彼女、四六判のハードカバーで本にしてくれて、タレントの本として扱わなかったことが版元に集英社を選んだ理由だなんてことを言ってたわね。あたしには、小説というか、ほとんどの本が、すべて四六判ハードカバーだということの苛立ちの方があるわけね。四六判ハードカバーをさ、百恵は権威と信じている。というか、反タレント性と信じているわけよね。確かに、本というのは権力でもあるわけだけど。そのあたりが、なんとも貧しいと思っちゃうわね。
久美子　さっきの口絵の写真のことだけど、篠山さんでなく、立木さんが撮ったというのは、虚像の山口百恵の否定、ということになるのかしら。つまり、篠山紀信は、虚像＝菩薩としての百恵を撮っていたことになると思うし、その宣言としての写真なのかしらね。
平岡　オレの言ってるのは、そういう深いことじゃなくて、もっといやらしいこと、百恵とホリプロの喧嘩の問題よ。
山口百恵という虚像が銭を産む方法は、レコード会社はレコードを売ればいいし、映画会社は映画が当たれば儲かる。ホリプロは興業権で儲かるわけ。しかし、本人だけは百恵が儲かるんだな。それは、もしかしたら、間接的にオレが示唆したかもしれないね。オレが『山口百恵は菩薩である』を出すにあたってのいきさつで、ホリプロがこっちに全然手を出せないのがわかったのかもしれない。確かに、本というのはもう一つの別の権力みたいなもんだから。

美恵子　それは、まったくそうね。

平岡　『蒼い時』があたっても、ホリプロからは何も請求されない。印税はホリプロに一銭も入ってこないんだ。

ついでに、面白い話をしようか。(一九八〇年)十月五日の武道館のファイナルコンサートの時ね、あれでは、オレの本が売れることになってたらしいのね。小さい出版社の営業マンが一所懸命やって、そういうことになった。ところが、売らないでくれという圧力をホリプロがかけて来て流れてしまったのね。つまり、講談社のも、秀英書房の本も、オレの書いた百恵の本は、ホリプロの絶対容認しないところにある。だけど、それは、売店に「お宅ではせんべいを売らないでくれ」というレベルの話でさ、これは商業慣行を無視した横槍でしょ。

美恵子　そういうことは言えないはずのものよね。でも、商業慣行というのは、そもそもそれを無視して成立するものでもあるわけだけどね。

平岡　結局、当日にはこの『蒼い時』すら売られなかった。この本がいくら売れても、ホリプロには一銭も入らない。そのことを百恵は、おそらくよく知っていて残間里江子というルートをつけて、ホリプロとは違う山口百恵一個の収益を得た。それが立木さんという人に写真を撮らせた理由でもあると思うね。つまり、篠山紀信はホリプロの山口百恵を撮ってきたわけだ。そういう銭カネのからむ次元で、立木になったんで、実像と虚像という高度な問題ではないというのがオレの判断なわけさ。山口百恵は偉いなあ、やっぱり（笑）。

久美子　平岡さんが山口百恵は偉い、菩薩であるって言うのは面白いのだけど、歌を歌わなくなった、本を書いた百恵を、それでもなおかつ偉いって言うのは、どうしてですか。

平岡　うん。よし、じゃ、それを言いましょう。山口百恵の引退劇の商品化というものが行われたわけですよ。これは、芸能界ではキャンディーズ以来なわけ。涙の商品化だね。そして、すべてのジャーナリズムが、意識的ないしは、無意識的に、その涙の商品化の方向を追いかけた。引退＝涙の商品化、それと、父を切った上での母との同致というさだまさしの『秋桜《コスモス》』の線で、百恵引退劇を受け皿にして、さだまさしを国民的歌手にしようとする、ブルジョワジー側の陰謀があったとオレは見ている。これは、来年三月のピンク・レディーでもう一回、涙の商品化が行なわれる。それをジーッと大衆操作の方法として見ているテレビマンがいて、これは「天皇Xデー」への予行演習であるというのが、オレの判断。

美恵子　ははあ、なるほどね。

平岡　それに対して、一体どういう反撃の仕方があるかというと、一つは、民間では百恵に関してはオレ一人がかせぐということだ。つまり、それまで百恵の引退劇でかせぐものはテレビ局であり、ホリプロであり、映画会社であり、組織だよな。民間人としてかせぐのはオレ一人なんだ。オレが一万円かせげばホリプロが二万円くやしがるということで、これは飯が非常にうまいのね（笑）。

久美子　なるほど、なるほど（笑）。

美恵子　引退ということでもう一つ。最近、重要な引退があったでしょ。長嶋引退劇、かなり重要よ、これ。

平岡　百恵引退、長嶋解任、さらに五木寛之休筆宣言。この三つがあるのね。

美恵子　五木寛之の休筆が入るかどうか……。入らないね（笑）。だって、誰も覚えちゃいませんよ。相変わらず良く書く作家じゃありませんか。

平岡　入ると思ってやったら、百恵にさらわれたってわけだ、これはおかしい（笑）。百恵引退劇の時点で彼女が作った世界記録というのをいくつかあげてみようか。まず、二十一歳で挫折というのはいっぱいあるけれど……。

久美子　安保世代とかね（笑）。もちろん一九六〇年のよ。

平岡　スミマセン（笑）。しかし、二十一歳で引退というのは、世界最年少記録。これちょっと異様なことよ。みなさんが挫折なさる二十一歳で引退なさるなんてね。金井美恵子は、二十一歳ぐらいでデビューでしょ。

美恵子　十九歳です。百恵さんがおっしゃってる、一番神秘的な年齢ですよ（笑）。

平岡　ハハハ。それから、記録の二番目。朝日新聞全面広告四ページというのを引退の日に出した。

美恵子　うん。あたしも書いた！

平岡　あと野坂昭如さんとオレね。あの広告で朝日がいくらかせいだか知ってる？

美恵子　知らないな。

平岡　二千五百万円なんだよね。オレのギャラは八万円だった。

美恵子　あたしは、半分の量で六万円だった。

平岡　負けた！（笑）オレ、知恵つけてやったんだから、もっともらうべきだったな。

ま、しかし、オレとしては意味があった。天下の朝日を使って冗談やるっていうね。「全冷中」（「全国冷やし中華愛好会」）以来の快挙なんだよな。しかも、その冗談が、真実を述べれば、それがそのまま冗談になるという。それに、ホリプロに一銭もやらないこともいい気持だ。引退という山口百恵がホリプロに一銭もカネを入れなくなる時点で、山口百恵そのものが商品化されうる方法は何かと考えたわけ。百恵の歌手は終わり女優は終わるけど、資本主義のマスコットガールとしての性格は終わらないということを残すことは、この広告で出せたと思う。

久美子　「天下の朝日」だからそういう冗談も平気なんじゃない？

美恵子　まあ、それは平岡さんの一種の実証主義ね。百恵がお父さんについてすごく嫌いだって書いている部分があったわよね。いろんな、世におこなわれている文体が混っていて、小説風なのね。

平岡　あれでしょ。自分を性的対象として見た、中学生の時の話ね。

美恵子　思春期の少女にありがちのね、まったくありふれた話にすぎないんだけど、まあ、いろいろあるんでしょう。それから、少しは平岡正明的なものに影響されているところもあるかもしれない。神秘主義的傾向とかさ……。

久美子　そうかな。あたしは、この本にはむしろ、それがないので不思議に思ったな。

平岡　その理由を言おうか。

久美子　ウン。

平岡　友和防衛論に傾いてるからなんだ。

美恵子　アッ、それは絶対そうよね。

2

平岡　オレの百恵菩薩論は、天台教学の「五時八経」的にやったわけ。おシャカ様って、四十五年布教したでしょ。現役期間がキリストよりずっと長い。だからいっぱいお経があってさ、どれが一番アリガタイかということがわかるまで千年かかってる。中国の天台大師智顗《ちぎ》がまとめたんだけど、それがのち、「五時八経」と称されたといわれてる。シャカが悟りをひらいた祇園精舎の華厳《けごん》の時、阿含《あごん》の時、方等《ほうどう》の時、般若《はんにゃ》の時。これが般若教で最後が法華《ほっけ》涅槃《ねはん》、の時なんだ。そのうちで、ことにアリガタイのが最初の華厳経と、おシリの法華経ってわけだ。

美恵子　『山口百恵は菩薩である』という本も、そういう作り方になってるわけでしょ。

平岡　そうそう。あれは実は、筒井神学とフォイエルバッハ・テーゼと、法華経の合体です（笑）。

美恵子　あたしは、そういうふうには思わないで、文字通り、物語の構造で出来てるんだなって思いましたけれどもね。引用的部分も含めて、解釈学的部分も含めて、要するに物語の構造だなって思って読んだわけ。平岡的神話をめちゃめちゃに作ってしまった、という、なんて言うのかな、馬鹿力（？）と言っちゃなんだけど、エネルギーは凄いわけですからね。

平岡 それ、まったく正解。やだね、女の人は。正確だから。それはその通りですがね。で、『蒼い時』に話を戻せば、これには、真実は全部語られていないというのが、オレの読み、ね。でも、いくつかの真実は語られている。それは、二十八ページから二十九ページにかけてある。

久美子 ああ、紅茶を飲み残す、という所あたりね。

平岡 そうです。『蒼い時』の精髄は最初の三章にあり、「出生」「性」「裁判」である。最初の二章の精髄が、二十八ページから二十九ページであり、「紅茶の最後のひと飲みを残す」こと、「階下から、母の笑い声が響いている」こと、「ミラノからの手紙」があること、この三つの異なったことが、二ページに出て来る。

さらに、この本の中に、百恵が菩薩である三つの聖なる痕跡がある。一つは、冒頭に言った「蒼」という字。二つ目は、父との関係を示す、一口の紅茶を飲み残す、という部分。三つめは、左手にあるBCGの聖痕。それはジークフリートの肩にとまった竜の返り血の跡である。この三つ目のBCG問題で加納典明が切られてるわけよ。加納典明がそれを魅力だと言ったことに対して、やはり娘心としては傷ついたというような記述がある。

次は、紀信が切られる番だ（笑）。それから、オレがやられ、最後に宇崎竜童がやられる。

そうなっている。

久美子　野坂昭如の娼婦を百恵に見るってのもあるけど、まあ、あれも平岡正明の菩薩と同じもんね。苦悩している生命を、助けるってことでは娼婦と菩薩は共通する部分もあるわけだから。

美恵子　それと、出生や性を親子関係に還元しちゃうということで、これは非常に女性的なね、『婦人公論』の手記をまず連想したわけ。とても真面目なのよね。嘘は書いてありません、書かないことがあるだけです、という真面目さ。

平岡　それは非常に危険だな。これはかなり真面目なんだけど、その意味で、権力の方はさだまさしを次の国民的スターにしたいと思っている。

美恵子　そりゃ、そうだよ。中国コンサートだもんね。

平岡　しかも『二百三高地』で、現下の反ソ感情をかきたててるということがある。

美恵子　それが、中国旅行とぴったり重なったわけだ。

平岡　その通り。オレは意地が悪いから、さだも再分析し始めた。『防人《さきもり》の詩《うた》』はどこが悪いか。

　海は死にますか　山は死にますか

でも、〝僕は死にますか〟がないのね。

久美子・美恵子　アハハハ——。

平岡　その観点は何かっていうと、乃木希典《のぎまれすけ》の観点なんだ。さだまさしの『防人の詩』の歌詞を正確に掲げて実証しよう。

　おしえてください　この世に生きとし生けるものの
　すべての生命に限りがあるのならば

ここまでが「君死に給ふことなかれ」の与謝野晶子なんだ。次が、

　海は死にますか　山は死にますか
　風はどうですか　空もそうですか
　おしえてください

美恵子　「国破れて山河あり」ね。

平岡　乃木の「山川草木転荒涼」そのままよ。乃木と与謝野をくっつけるようなことが出来るってのは、これはすごいクロスオーバーだよな。「右は怒りますか、左は怒ります

か」で、こういうことやった奴はめずらしいよ（笑）。しかも全体としては乃木の目で兵を見てる。でも、乃木さんの方が偉いわけ。あそこで兵を失ったんで死ぬということを、戦勝報告書の中でにおわせている。それで、明治天皇といっしょに腹切っちゃう。あれは「一将功成って、万骨枯る」という感じ。さだまさしの場合には、さだの歩いた後には草も生えねえ（笑）。たぶん、そっちの方へ話が行くと思って『さだまさし　時のほとりで』（新潮文庫）って本を持ってきました。この中で、奴は『防人の詩』を反戦歌だって言ってるんだよな。

美恵子　ああ、知ってる。

平岡　だいたいな、よその国を侵略して行くのは「防人」とは言わないんだけどさ（笑）。ここの中でこういう論理を出している。

70年安保前後に湧《わ》き起こったフォーク・ソング・ブーム。若者はギターを抱えて、反戦歌を歌った。この一時期のエネルギッシュな動きを、ある種の革命と受け取った人々もあった様で、未《いま》だにこの頃の状況を伝説化しようとする人々があります。

まあ、大体こういう風潮は、ゴールデン街へ行けば年中あるらしい。あの頃は、という。それは確かだよ。それはいいとする。

これに対して、ひとつは、こんなのが果して音楽だろうかと思い、ふたつ目に彼等にとって反戦歌の本質は何だろうかと疑問をもつ。それで、ぼくは自分の歌を歌えばいい、と奴は言う。

ふたつ目の疑問は、最近ようやく解けました。当時の反戦シンガー達の多くが「転向」するのを目撃したのがきっかけです。／当時の彼等は「反戦」を標榜《ひょうぼう》し乍ら、実に余り巧みと言えないすり替えで「反体制」に終始した事。

美恵子　それで？

平岡　わかんないだろ。最後の行へ行くとわかるよ。

僕のほんのわずかばかり垣間見た人生の中で、最も反戦歌を必要としているのは、現在ではないのですか。我が祖国の為に！

美恵子　馬脚をあらわしたって感じね（笑）。

平岡　彼にとって反戦歌というのは……。

美恵子　改憲。憲法改正ね。

平岡　そういうことなんだ。

久美子　江藤淳よ。

平岡　まったくその通りだ。さっきは与謝野晶子と乃木将軍のクロスオーバーという非常にシュールなやり方をやり、ここですりかえを非難しながら途方もないすりかえをやっている。そのすりかえの内実ね。

つまり、米国の「反体制」には裏付けとして「反戦」があったが、日本では同じ次元での裏付けは有り得なかった。／アメリカはベトナム戦争を抱えて居たから、米国人にとって、親友や恋人の戦死は、現実問題であったのです。／「生命」そのものに肉薄する血涙の情が底辺に存在していました。

じゃ、ベトナムに攻めて行ったのは誰かっていうことが、ここにはぜーんぜんない(笑)。『精霊流し』がすでにそうだった。あれは、『二百三高地』の大量虐殺を、あらかじめ精霊で流していた。因果応報だ。そうした悪意も成り立つけど、じいさん、ばあさんが大陸浪人であったという大陸に還流するさだの血縁の論理と、現在の日本と中国の支配層を統轄する反ソ連感情を使って、中国に乗り込んだとオレは思うわけだな。

美恵子　（フランシス・）コッポラだ！

平岡　そうだ。

美恵子　百恵にもそれはあるよ。例えば、この本で、お父さんを切るとは宣言してるよね。だけど、子供を産むという行為によって、母、妹、そしてだんなである友和との関連ということを最後までものすごく執拗にくり返して言ってるわけでしょ。これはどういうことになるわけ？

平岡　それは、CIAの陰謀なんです（笑）。

美恵子　そうなのォ（笑）。

平岡　その謎が本当に解かれるのは、さっき言った二十八ページから二十九ページだね。つまり、父親は切ったけど、百恵が結婚の幸福に酔いしれる頃、父親は脳血栓で死ぬ。

それから母親のことがある。百恵が「階下から笑い声が響いている」と書く母は、自分のスタッフたちと酒を飲んで楽しんでいる。百恵は二階にいるんだよ。何か考えているか、書いてるかしてるわけだ。つまり、ここでは百恵はすでに自分は山口家の主であり、母とも距離があるということを言ってるわけ。しかし、その後にミラノからの母親あてのべったりした手紙がつくわけだな。

テレビ朝日が放映したドキュメントでは、必死になって、山口百恵というのを、今、美恵子さんが指摘したように、自分自身が母になることで、母との同致、父は捨てるという方向を作っていこうとしていた。

美恵子　平岡さんは百恵が父親を自分の中に取り入れることによって、違うものになりうる可能性があるとは言ってたよね。不在の父親を逆転させて、百恵が父親的なものになる、といったようなことでしたね。

平岡　そうだね。オレはそれが二十八ページから二十九ページの意味だと思ってる。

美恵子　紅茶が象徴的なわけね？　でも、こういうの、『東芝日曜劇場』のセンスだよ。なんとも、いやはや。

平岡　まあまあ（笑）。で、紅茶と母との距離と母とベッタリという三つのテーマが二ページの間にパンパンパンと出て来た。この中のどれを強調するかということが、その人間の階級的立場をあらわしてしまう。菩薩の前にはすべてバレてしまうということなんですね。

久美子　二階で何か書くか考えたりしていて、下では母親が自分のスタッフとお酒飲んでるってなんだか、ある種の男の作家みたいね。母親というより奥さんってイメージで読んだ。百恵は父親を獲得したとも思うのだけど、百恵にとっての父親はいわゆる日本の中産階級的なそれじゃあないわけでしょ。もっと複雑なものを含んでいるわけだから。

美恵子　この本での母親との距離について言えば、巧妙にも、母親を否定するという形では絶対に書かないわけね。母親に自分もなるということを一番強調する。健康な女性だったら、愛する人の子供を産むということを言っているのよね。

久美子　おしまいの方で、〝将来、生まれて来る我が子に、何も語らないで、この本を渡したい〟とかってことを言ったりね。

美恵子　いやらしいんだけどさ、そういうのって。でも、『週刊文春』で渡部昇一って人が、劣性の遺伝子を持ってる人間は子供を産むなって書いた。大西巨人についてね。百恵の態度って、そういうものに対する反対の契機になるんじゃないかって気はするよ。つまり、愛する人の子供を産んでどこが悪いっていうことで鈍重に反対しつづける存在の持つ、うんざりするような《強さ》というのは、それこそ、右も左もけっとばしちゃう。

平岡　ここの読み方としては、山口百恵は、母親も憎んでいるという方向を出さなくちゃいけない。それはあるんです。

美恵子　お酒を飲んでるなんていうのは、お母さんに対する憎しみそのものね。それを明確にしなければ、平岡さんの言う大陸的イメージは、山口百恵をついにおそうことはないんじゃないのかしら。

平岡　スタッフだって、母親と酒飲みたいのかね？（笑）で、こういうふうに言ってるのね。

私は、母にその記事が掲載されている雑誌は読まないようにと厳命した。

もう、山口家の主なんだ。

美恵子　そう、そう。

平岡　それから、幼い頃にお風呂に母親と一緒に入っていると、こわいおばさんがやって来て開けた。それに対して、母親はお湯をぶっかける。

あの時の激しい情念の正体、あれは、単にあの女の存在に対抗したというのではなく、無防備な裸体を通して、女の内部を覗き見された不快感の爆発だったのではないだろうか。／外を駆けて行く女の影が窓を横切り、短い捨て台詞が母の胸を刺していた。女の足音が闇に消えた時、湯気の中に憔悴した母の肩が浮んでいた。

久美子　すごいね（笑）。

これは、男には書けないけどさ。

平岡　ねえ、すごいよね。

久美子　女流作家だなーって感じよねえ（笑）。

平岡　山口百恵が物を書いてるんじゃないかということが噂されたのは今年の七月段階。オレにどう思うかというアンケートがあって、ただちに答えた。「第一作において、アルベルト・モラヴィアの水準に達する！」。

美恵子　モラヴィアもまるで駄目な作家ではありませんからね（笑）。

平岡　それから、部数は？　って言ったから、三十五万部って言った。根拠はって言うから、オレの本の十倍だ。今は百倍。百恵だ。

久美子　アルベルト・モラヴィア『二人の女』ね（笑）。

平岡　そう、そう。それでね、あの「青い部屋」の戸川昌子先生は同じアンケートに、「いや、文学の道は厳しい」と答えてる。ただちにオレは他の所で反論した。二流の歌手の言うことを聞くな！

美恵子　そりゃ、そうよ。

平岡　それから、三田誠広が言ってる。「誰にでも小説なんて書けるものです」。てめえが書いてるからなァ（笑）。

美恵子　小説家ぶった発言ねえ。逆差別だよ。それは（笑）。

平岡　三田誠広と高橋三千綱に代表される、「青い世代」の作家が、『蒼い時』にいかに超克されるかという予告だ。それでね、山口百恵引退時、八十人の証言という『潮』的リアリズムを『週刊明星』がやってるわけだ。

まず、高橋三千綱。「僕の原作の映画（『天使を誘惑』）で出演した女優さんというだけのことですね。関心は全然ないですね。引退については、それが本人の希望なら、それでいいんじゃないですか」。

平岡正明

久美子　生意気ね。三浦友和みたい（笑）。

平岡　それから、また、三田誠広。「いい歌をたくさん歌っていたというだけの人。つかの間に咲いた花で、ここ10年の歌手の中では傑出していたと思うが、彼女は、阿木燿子とか宇崎竜童、篠山紀信といったブレーンに恵まれていたし、そういう人たちが作り出した作品でもあった。だから、そういう人たちから離れた、ひとりの裸の山口百恵という存在には興味はない」。

美恵子　つまんないこと言うのね。

平岡　三田誠広は興味がないと言ったのにも関わらず、一九七七年の『絶対絶命』て雑誌の百恵特集では、「痛々しさの美学」なんてことをお書きになっている（笑）。その次が比較的最近の、先程の「誰にでも小説は書けるのです」だろ。彼の場合はかつてもそうで現在も興味を持ってるわけね。しかるに、なぜ「興味がない」などという発言をするか。その心理過程を分析すると……。

久美子　嫉妬だ、それは。

平岡　その通り！　偶然を通して、百恵菩薩の前に露呈した、彼の小市民性だ。

美恵子　百恵を前にしなくたって、そういうものは露呈されてる人なんですけども。

平岡　でも、百恵菩薩は偉大だね。前に出るとみんな正体が丸見えなんだよ。

久美子　小市民性がバレる。

美恵子　でも正体が見えたからって、どうってことない人たちばっかりじゃないのよ(笑)。

平岡　ということがあって、これ読んでると結構面白いでしょ。オレの読み方は、百何十ページで、一行ごとにそういう読み方をしてるわけ。はたしてこれは山口百恵の真実ぞや、という読み方を一行ごとにして、序章の「横須賀」はあやしいね。「夕暮れどき、塾の帰り道、家に向かう急な坂道で出逢った豆腐屋の辛そうな顔」って書いてるけど、「豆腐屋」とは何ごとか、「お豆腐屋さん」と言って欲しかった(笑)。

美恵子　ねえ(笑)。三島由紀夫のオワイ屋とは違うんだからね、『仮面の告白』の。まあ、三島由紀夫にとっては、オワイ屋は菩薩ですけど(笑)。

3

平岡　この本の中で演技者としての百恵が一番すごいのは「裁判」の章だね。これは、カフカの『審判』に匹敵する!

美恵子　エッ(絶句)……。あの、カフカの『審判』というのはさ、決してアイデンティティの物語じゃないわけよね。ところが、百恵の「裁判」の物語は、徹底してアイデンティティの問題なのよ。タレントと個人の対立の話でしょう？　証人としてサインをする時のエピソードはかなり面白かったけれど。カフカとは匹敵もしなければ、関連もつけられないとあたしは思います。カフカなんて言うと、かえって百恵が安っぽくなるんじゃないかと思うんだけどねえ。

久美子　裁判所に、ピンクのスーツか黒の洋服かどちらを着るかで悩む所があったよね。

平岡　うん、うん、着るもので心理状態が変わっちゃうって。

久美子　そう。で、ピンクのスーツの方にして、私はそこでみんなが思っている冷静でクールな山口百恵を演じてみせましたって風に書くでしょ。だから深読みすれば、裁判も虚構でありフィクションであると、真実なんて問題じゃないんだと、言ってるような気もする。ところがその後、友和から電話があって耐えてた涙が出ちゃうのね。で、また本当の私ってことになっちゃうのよ。つまらない。

美恵子　その友和が出て来るとたちまち明らかになるのは、ただ一言、この本は友和に対する防衛論であるということね。

平岡　その通り。今の段階で宇崎を出せば、この中の友和は一気に色あせる。

美恵子　これが、友和防衛論であるなら、大江健三郎が三島由紀夫の文化防衛論に反論したみたいに、言ってくれる人がいなくちゃ困るわよ。

平岡　そうだ。だから、友和防衛論じゃ駄目で、宇崎との凄惨な戦いを中心として、それを出さなきゃ、法華経にならないんだというのが、オレの意見なの。

美恵子 友和防衛論というのは、ちょっといじらしいけどね。

平岡 そうね、前半に出て来る友和は案外魅力的だ。案外真人間で。

美恵子 百恵が十四歳の時に、友和に口もきけないで、ただうなずいているだけだった。つまらない女に思われるんじゃないかって書いてるけど、可愛いわよね。

平岡 ところが、後の方になると、友和の位置が宇津井健とまったく同じになる。

美恵子 そうなんだよ、もう。

久美子 「結婚を考えてるから、そのつもりで」なんてね。やーよね、ああいうのって。何言ってるのよ。

平岡 この記述から、オレは山口百恵の中ですでに、三浦友和に対する限界に気づいている証拠だと予測するね。

久美子 この本で、結婚すると生活のレベルが落ちるってことを何回も書いてるわね。

美恵子 そう、そう。

平岡 友和としてはムカッと来るよな。結婚すれば貧乏になるっていうんだから。悪かったな、オレはお前の収入の十分の一だよって話だろ（笑）。

美恵子 あれ、本当におかしかった。

平岡 ああ！　これまで誰が何と言って来ても、百恵を断固防衛してきたんだけれど、金井姉妹にはかなわねえ。全部読み抜いてるからな。こわいよ（笑）。
　ねえ、オレ、ピンク・レディーのコーチやるから、美恵子さん、百恵さんの文学のコーチをやらない？　これは優秀なタマだゾ。
美恵子　コーチなんて、とてもとても。違う人にまかせます。だって、ほら、文学上の立場を異にするから（笑）。それに、あたしだって、現役の作家だからね。コーチ兼選手というのは年取った野球選手がやることなんだよ（笑）。
平岡　やれるんだよ、彼女は。あんたがコーチしてやればさ、ベストセラーよ。
美恵子　無理、無理。突然、売れなくなっちゃうね。
平岡　オレ、これは偉大だと思ってるね。オレは芸能界を侵略した。山口百恵は絶対、文学界を侵略すべきなのよ。やっぱり、蒼き草原遊牧民族の「蒼」としてはね。
　じゃ、さらに百恵の記録をあげてみよう。物書きとして発売三時間以内に三十万部売ったというのは最高記録なんだよ。
美恵子　そりゃ、そうかもしれないけど……。
平岡　今、文学界は芸能界を追っているのだからね。村上龍以来、いや、五木寛之以来。そうすると、百恵というメジャーリーグの四番打者が、マイナーリーグに下りて来るんだから、ホームランを打つのはあたりまえなんだ。
美恵子　でもね、まあ、あたりまえのことですけど、売れない小説にも大変いいものがありましてねえ。平岡さんの本だって売れなかったけど、秀れたものではあった（笑）。

平岡　もちろんだ。だけど、文学の道は厳しいというふうに、みなさんが純文学になる必要は全然ない（笑）。

美恵子　文学の道は厳しいというのは二流歌手の言うことでしょう（笑）。

平岡　二流歌手が百恵が出て来たとたん、純文学になる必要はないのだ。

久美子　瀬戸内晴美はありのままを書きなさいってはげましたんでしょ。

美恵子　そこが、二流歌手と尼さんの違いよ。

平岡　この本、百万部売れたという説がある。ところが、山口百恵の一番売れたレコードはどのくらいだと思う。

美恵子　さあ。

平岡　六十六万。『横須賀ストーリー』だ。いくらなんでも、百万部っていうのは……。

美恵子　異様だね。

平岡　レコードより、本の方が売れたということはどういうことなのか。これは階級闘争だというのが、オレの本当の意見でね。つまり、敵は、家族と電波の方へ収めようとする。大衆ファンの最大限は、百恵ちゃんが辞めるのは惜しい、しかし、彼女の決断を支持するということだよ。

久美子　レコードより本が売れたということで誰か分析すれば、面白いのにね。

美恵子　うん。それは山口昌男でしょ、それ以外考えられない（笑）。もうひとつ、それはカッコつきの真実っていうものがどういう力を持っているかということだと思うな。本というものにとって。
久美子　そう。百恵自身もこの本を真実だと思ってることとの恐しさよ。山口百恵というのは、歌手であり、女優であり、三浦友和と共演し、引退し、本を書くという、それぞれの物語を生きた女の子でしょ。
平岡　それが正解なの。哲学的に言うと、スクリーンという、あるいはビニール盤という虚像の上に実像を結んでね。で、簡単に言うと歌うということは真実なの。歌はテキストだ。それで『蒼い時』がその解説なんだと思うわけだ。
久美子　あたしはさ、歌うということが真実であるにもかかわらず、それは虚像で書かれたものの方があたかも実像であるという売られ方が気持悪いのよね。『蒼い時』は真実という名前を借りた物語なのにさ。「思ったままを書けばいい」なんて出来ることなのかしら。第一思ったままって言い方がもう物語的よね。それとあたしはこの本には百恵の本当の出生が書いてないとか、まだまだキレイ事だって言い方も支持出来ない。でもそれはジャーナリズムが騒ぐんであって、大多数の読者は本当の事として読むという気持悪さもあるわけよね。
平岡　ぼくはまったく逆に思ってる。百恵はファンという実数を持ち、大衆は虚数を持っている。この虚数と実数が、奇跡的に一回、引退という場で合致したわけだ。これが、メインテーマよ。意味内容は問わないにしてもテレビに多くの人を釘づけしたのは、男で赤軍、女で百恵なんだよ。赤軍は第一回ハイジャックだ。

美恵子 それはそうかもしれないけどね。それとは別のことだけど、この機会にひとつ言っておきたいんだけど、平岡さんは百恵を菩薩と呼ぶけれど、菩薩には「私」ってものはないわけよ、一人称は。ところが、百恵はこの『蒼い時』で、「私」ということにずっとこだわっているわけ。そこの所が全然菩薩じゃないって思った点ね。

裁判のことでも同じだね。タレントのプライベートとは何かということを言葉をつかいながら「私」ってことにずっとこだわっているわけ。平岡先生が、「あなたには一人称はありません」って指摘した後でよ。この本は「人間宣言」なのよね。

平岡 小乗百恵主義による大乗百恵主義の圧殺である、山口百恵は山口百恵を虐殺した、しかるが故に、歌謡曲がジャズの水準に達したと言ったのにね。

美恵子 大乗仏教が破れたわけよ。

久美子 キリスト教ね、「私、私」って。

美恵子 印税と私と結婚の三位一体《トリニティ》(笑)。

平岡 極端に浅いか、極端に深いかの面白い意見だね、それ(笑)。しかし、彼女の「私」というのは、ぼくらのいう「私」より、もっと保守的な「私」だね。

美恵子 それは、山口百恵の山口百恵に対する反撥なわけでしょ。陳腐に言えば、虚像に対する反撥としての「私」ってことでしょ。
久美子 それを支持しているのが無数にいるという矛盾ね。
美恵子 それがいやね。
平岡 山口百恵の中の矛盾は絶対に解消させるべきでないというのが、オレの立場なの。
久美子 百恵がそうしたというのじゃなくて、それを支持しちゃったのはたぶん若い女の子よね。自分と百恵とをすぐ結びつけられる何かがあるのよね。
平岡 ある、ある。そのデータを出そう。山口百恵の『蒼い時』の予約者を見ると、女はシャキッとした自立女《じりつめ》ね。
美恵子 百恵がキライな、ね。
平岡 男は全部ホモ。
美恵子 あ、そうなの。なるほどね。
平岡 ここで山口百恵のファンは、三つの階層を明らかに出来た。ひとつはホモ、ひとつはウーマン・リブ、もうひとつは暴走族。
美恵子 それじゃ、みんな道徳主義者じゃないの。
平岡 アメリカ水準から考えると、唯一、今、生き残った反体制派なんだそうだ、それは。

美恵子　そうかね、「反道徳」というかたちでの道徳主義者よ、その三者は。真面目だもん、この三者は。

久美子　要するに、「私」が問題の人たちよね。「自我」とか、「主体」「アイデンティティ」を問題にしている人たちよ。

平岡　それは、オレにとってあんまり嬉しくなかった。

美恵子　それとは別に、インテリ階層に、平岡さんの菩薩を支持する階層はあるわけよ。

平岡　三千ぐらいですよ、そりゃ。

久美子　本音が出たわね、平岡さん（笑）。

美恵子　一人称とは別な所で、百恵の魅力を言ってる人が三千人ぐらいいるわけじゃない。それも、あんまり支持出来ないけど。

平岡　お言葉返すわけじゃないけども、彼女はファンという実数と、大衆という虚数をかさねるということは出来たと思う。でも、それで勝ったとは言えないんだ。

彼女の方は、優勢に幕は引いた。ＣＩＡの陰謀は粉砕したわけだから。つまり、さだまさし的方向には向かわなかったから。その証拠に、ラスト・コンサートのファイナルは非常に力強い歌だったしね。山口百恵は終わらせない、と。山口百恵はパート・2がこれからはじまる、というのがオレなんかの不退転の決意なのよ。

美恵子　なるほど、なるほど。

平岡　で、そういうことがあって、ここで、百恵、ピンク・レディーという二枚の駒が落ちてくことは、本気で情勢不利と考えてるね。つまり、最後に、百恵に同致したファン、大衆がいるけど、これから流砂のように居なくなるわけだ。これを味方であるとか、戦力であると、絶対考えちゃいけない。

ピンク・レディーでは、おそらく泣きは阻止出来ないと思う。調子下ってるからね、長嶋と同じように。

久美子　長嶋は前の引退の時、泣いたのよ。そしたら、王が文句言ったのよ、泣いちゃいけないって。これから監督として出発する長嶋さんが泣いちゃいけないって、言ったんですって。ばかみたい。

美恵子　泣いて悪いことないじゃないね。

平岡　女の涙は不吉だよ！　特に百恵の涙は社会的に不吉になるんだよね。でもね、ボードレールも言ってるじゃないですか。「空涙、心の汚はさっぱりと洗ひ流した氣になって」ってさ。

久美子　『仁義なき戦い』の時の金子信雄ね。オイオイ泣いてみせた後でケロッと図々しいこと平気でするの。

美恵子　カッコ良かったわよねえ（笑）。

平岡　泣くとカタルシスがおこっちゃうというのがたまらんのだね。

美恵子　でも、泣くという事はカタルシスというものだけではないと思うな。むろん、女のタレントがすぐ泣くのは醜悪ではあるけどね。カタルシスだけではないでしょう。涙よ。泣くのは図太さが必要だよ。

平岡　それは美恵子説が正しい。正しいが、オレは百恵を突き放したいし、彼女自身が菩薩ではないと言っても菩薩なんだからね。

美恵子　それが、不退転の決意なのね。

久美子　結局、山口百恵自身ってことはどうでもいいのね。こっちのイメージも平岡論文の前では無効ね。

平岡さんにとってはイメージというより象徴なのよね。

美恵子　徹底して、反記号論的立場である！（笑）

久美子　象徴の前には無力よ。中世の前で今や、近代はくずれたって言ってるようなもんじゃない。左からの「近代の超克」論って感じだわね（笑）。

（一九八〇年十一月三日　話の特集編集室にて）

あとがき——あるいは平岡正明の菩薩行

小泉八雲が伝えている「普賢《ふげん》菩薩のはなし」によると、むかし、播磨の国に信仰あつく学識豊かな僧がおり、毎日深く思いをひそめて、どうかして経文に述べてあるお姿のままの現身《うつしみ》の菩薩を拝めるようになりたいものだと念じていたそうである。ある晩、この高僧は夢を見る。夢のお告げにいわく、菩薩が見たければ神崎の町にある遊女の長者として知られる遊女に会いに行け。高僧はさっそく遊女の家を訪れ、群れ集った人々とともに遊女の歌う歌をきく。美しい声に人々は驚きかつ喜んだが、その歌はこういうのであった。

周防むろずみの中なるみたらいに
風は吹かねど
ささら波たつ

ところが、高僧には、この歌が、次のように聞こえた。

実相無漏の大海に
五塵六欲の風は吹かねど
随縁真如の浪たたぬ時なし

そしてじっと目をすえると清らかな光に包まれた菩薩の御姿が僧には、はっきり見えるのだった。

平岡正明がこの高僧に似ている、というわけではないのだが、そしてこの話は普賢菩薩についての話なのだが、まあ、なんとなく思い出したということ。八雲の伝えるものがたりでは、遊女＝菩薩は「ねえ、今晩ごらんなさったことは、誰にも言ってはなりませんよ」と高僧に告げたそうだが、僧が人に言わなかったら、誰が、むろずみの遊女が菩薩であるという物語を伝えたのだろう？

（美恵子）

A Mad Tea Party

あの頃、そして今のお話

Hostesses
金井久美子
金井美恵子

そもそものはじまり

美恵子 何でいま鼎談集が出るのかって話ね（笑）。私たちにしてみればすっかり忘れていたものを、突然、本にしたいって中公の編集者が、不思議なことを言って（笑）。

久美子 七〇年代の終わりから八〇年にかけて雑誌に掲載された鼎談だから、四十年以上前のものだものね。読み返してみると、篠山紀信さんと鼎談をする前に、一度連載を中断しているのね。評判が悪かったからじゃない？（笑）。

美恵子 そうそう。評判が良くなかった鼎談だったって。でも、街を歩いていたら、「もう、あの鼎談は終わっちゃったんですか？ まだ続けてほしいのに」って人から言われた、と書いてあるでしょ。そういうファンはいたのよね。それならば、なぜ評判が悪かったかというと、内容が高度すぎた（笑）。

久美子 言えてる（笑）。固有名詞が割とたくさん出てくるんだけれど、知らなければ興味持てないし。いちいちそういうことを説明したりするようなゲストの方たちじゃなかった。

美恵子 これは、『話の特集』という雑誌の、鈴木隆さんというまだ若い編集者が企画を立ててくださったんだけれど、鈴木さんは何でそういうことを思いついたんだろう？

久美子　それはわからないけれど、でも本にしましょうという人がまた現れてねえ（笑）。そもそも鈴木さんとは、どうして知り合ったのかしら。

美恵子　『話の特集』は、山田宏一さんのトリュフォー論を載せたりしてたから、そもそもは映画とトリュフォーからの縁だったのだと思う。鈴木さんとしては、私たち二人のおしゃべりっていうかバカ話を聞いて、盗聴器を仕掛けておいたら面白いと思った、って言ってた（笑）。なんで盗聴器なのか、謎よね。

久美子　評判を聞かなかったということについていえば、私たちが大岡（昇平）さんと鼎談をしたあと、瀧口修造さんが亡くなられて、そのお通夜か告別式で、美術評論家の東野《とうの》芳明さんに、「大江（健三郎）から電話があったよ。金井姉妹が、シュルレアリスムの話なんかしてるよって」って言われたわよね。東野さんったらニヤニヤ笑ってそう言ってた（笑）。シュルレアリスムといえば大岡さんとも、巖谷（國士）さんとも話しているんだけれど。

美恵子　大岡さんから「大江から電話があったよ」って電話があった。だから、あの鼎談は、大江健三郎しか読んでなかったっていうことね（笑）。

久美子　そうね（笑）。

美恵子　『話の特集』は私が高校生の頃、創刊された雑誌で、横尾忠則の表紙が衝撃的だったよね。（武田）百合子さんが『面白半分』と時々間違えちゃう、って言っていたけれども、ちょっとそういう面もあったかも。

久美子　『面白半分』は、面白くなかった（笑）。いかにも生真面目で、『話の特集』の方が、文壇的ではなくてビジュアルな感じがしたんじゃないかな。写真も立木義浩や沢渡朔《さわたりはじめ》、篠山（紀信）さんも撮っててさ、いわゆる青年雑誌的なところがあったよね。

美恵子　ブンガク的（笑）。

蓮實さんのこと

久美子　最初にゲストにお招きしたのは蓮實さん。蓮實さんが『海』に草野進《くさのしん》っていう女性とも男性ともつかないペンネームで書いていた野球の話が、テレビの解説とかスポーツ新聞の記事とは全く次元の違う面白さだったので野球についてぜひ話をうかがいたいと思ったのね。あの頃、私たちも野球を見るのが好きだったし、テレビの放映のしかたがすごく不満だった。それに、美恵子はともかく、私は、蓮實さんとフランス文学の話とか小説とか映画の話をするという立場じゃないでしょ。

美恵子　この鼎談をやったのは、蓮實さんが、草野進名義で、渡部直己さんと『読売巨人軍再建のための建白書』（角川文庫、一九八九年）を出す前よね。

久美子　それにしても、この鼎談を読み返してみると、西江さんに対しても、山田さん、篠山さんに対しても、よくまあこんなにタメロなんかきいちゃって、って思うよね（笑）。

美恵子　生意気ですみませんでした（笑）。
久美子　あともう一つ、この鼎談の特徴は、私の場合は絵を、美恵子の場合は小説を書いているわけだけれど、鼎談ではそういう話をしていない、ってことじゃない？
美恵子　生意気だったから、ゲストのお話を賢くうかがうという態度じゃないし、自分の話をしているわけでもなくて。自分の話を若い娘がすれば……。
久美子　かわいい感じよね（笑）。

武田百合子さんのこと

美恵子　最初に私たちは、「気に入ったお客さましか呼ばない」なんて言ってるけど、武田百合子さん、楽しかったよね。
久美子　魅力的な人だったからね。詩人の吉岡実さんの高見順賞の授賞式の二次会が新宿の鍋屋であったんだけど、そこで初めて百合子さんに会ったのね。そのとき百合子さんは、中村真一郎さんたちと一緒だったんだけれど。
美恵子　他にも女の人はいたけれども、美人ぶりが際立って、目立ったよね。
久美子　吉岡さんに「あの方は？」って聞いたら、武田泰淳さんの奥さんだって教えてくださって。あのときは、まだ泰淳さんもお元気だったわよね。
美恵子　それからしばらくして、泰淳さんが亡くなって。

久美子　『富士日記』を読んで、すごく面白いって、『富士日記』を連載した文芸雑誌『海』の安原顯さんに言ったんじゃないかな。そうしたら、泰淳さんの何回忌かに呼ばれて、花ちゃん（武田夫妻の娘）にもはじめて会ったのね。その時、花ちゃんがチンゲン菜の炒め物を作ってくれたのを覚えてる。チンゲン菜ってものを、あの時初めて食べた。まだ普及してなかったのね。武田家とチンゲン菜は、私の中で結びつくんだよねえ。

美恵子　でも、キャビアも食べたよ（笑）。武田家の飼い猫の玉も生きていたんだけど、玉について百合子さんの書いた文章もとっても好き。実際、百合子さんに会ってみると、ほんとうに面白い人だなと思った。ただ、鼎談したときは、百合子さんはまだ未亡人になりたての頃で、『富士日記』も出たてで、要するに、「武田泰淳夫人」という立場で発言しているし、私たちも、そういう立場で話をしているのよね。もう少し経つと、百合子さんはエッセイストとして立派なお仕事をなさるわけだから、これはちょっと、武田百合子の出発時代なんだけど、本質的には全く同じ百合子さん。

久美子　百合子さんの鼎談でもそうだけれども、この本の中では、私と美恵子は老嬢ぶってるのよね（笑）。そういう気分だったんでしょうね。当時は三十代のはじめだったけれど。

美恵子　だって、富司純子と同じ年じゃない？　なんで富司純子の話が出てくるかというと、以前、仕事をしたことがある週刊誌の女性記者が富司純子の高校の同級生で、「その頃、お肌の曲がり角は二十五歳、女の人生の曲がり角は二十四歳って言われていたけれど、富司純子の目標は二十四歳までに結婚するっていうことだった」って言ってたから（笑）。二十四歳を過ぎれば、もうすでに「オールドミス」って思われるような時代だったらしいけど、ピンと来ないもんね。そういう圧力は周囲に全然なかったよね。

久美子 私たちにはまったくそんなこと、関係あるもんかと思っていたけれど。

美恵子 そう。だから老嬢ぶる必要もないんだけれども、老嬢ぶるのも面白かった、ということでしょうね（笑）。

久美子 今は老婆ぶったりはしないよね。なんかわざとらしくてイヤだもの。毎日、「年はとりたくないものです」って言ってるけどね、自分自身に（笑）。

美恵子 「年はとりたくないものです」っていう言葉の文学的意味を、今の若い人は知らないでしょ。昔、広津和郎《ひろつかずお》と中村光夫の『異邦人』論争というのがあって、戦前派の広津和郎は、カミュの『異邦人』を認められなかったわけね。不快な小説って感じたのね。中村光夫が決定的な一言、「年は取りたくないもんですね」を吐いたわけよね。吐くって感じ（笑）。よく言うなと思うけどね。

久美子 当時、言った方（中村光夫）は四十歳、言われた方（広津和郎）は、五十九歳ですって。ちなみにカミュは三十七歳。

美恵子 やだ、みんな若かったんだねえ。四十歳っていえばさあ、生意気盛りだよ。異邦人論争の「年はとりたくないものです」っていう話にしたって、私たちの知り合いでは、高齢の元編集者や、この鼎談に出ていただいた方くらいにしか通じません（笑）。

久美子　そうね。フィリスさんは別として（笑）。きのうたまたまリタイアした女性編集者と電話で話していたら、「もう広津和郎の話をしたって、誰にも通用しないよ」って言われたわよね。まあ、カミュは今度のパンデミックで、『ペスト』が売れて、復活したけれども。広津和郎と言えば、よく知られているのは『松川裁判』で、とても尊敬されてた作家だよね。

西江雅之さんのこと

美恵子　西江さんも変わった人だったね。

久美子　西江さんは目白に住んでいたからよく、奥さんやお子さんと一緒にご飯を食べたりしたわね。西江さんが、猫を食べたり、アルマジロを食べたりするっていうことは有名でしょう。中華料理を食べると、鶏をまるごと油で揚げてぶつ切りに切って、葱のソースなんかがかかったりしてるのがお好きだったよね。そういう料理は西江さんのイメージに合うけれど。

美恵子　姿がわかる食べ物じゃなきゃ嫌だって言ってたわね。とんかつとか天ぷらは衣がついていて、中に何が入っているかわからないから不信感を持つらしい。

久美子　でもね、中華料理を食べに行くと、必ず頼むものがもうひとつあって、白菜と鶏の胸肉とハムのクリーム煮。色味がピンク、クリーム色と絵画的にきれいでしょ。それとアルマジロとのギャップがおかしかった。

美恵子　全然関係ない、っていう感じよね（笑）。西江さんの家へ行くと、イグアナ酒っていうのを出してくれたりしたわね。

久美子　そう。イグアナがテキーラに浸かってるのよね（笑）。

美恵子　ちっちゃいイグアナが瓶に浸かってて。レモンが入っているからそれほど生臭くもないんだけど、なんだか飲むとうろこが生えてきそうで、ちょっと気持ち悪かったけど（笑）。

久美子　亡くなられる何年か前、『ユリイカ』だか『現代思想』にご自分のことを「外交的自閉症」って書いてたでしょ。

美恵子　ぴったりだね（笑）。

久美子　本当にその通りだと思って、葉書を書いたの。そうしたらたまたま日本にいらして、電話がかかってきて自慢してた。「ぴったりでしょ」って（笑）。

美恵子　自分のことを批評する言葉は、やっぱり他人より自分の方が正確ですよ、なんて言ってさ（笑）。「外交的自閉症」なんて相矛盾する言葉だけど、まったくそういう感じの人だったね。

平岡正明さんのこと

久美子　平岡さんは、鼎談では山口百恵の話ばっかりしているけれど。

美恵子　『山口百恵は菩薩である』を出したばっかりだったからね。

久美子　平岡さんの専門のひとつのジャズの話も出なきゃ、何も出てないけれど。

美恵子　この鼎談の前にタンゴの演奏会に連れて行かれて。それを聴いた後に鼎談、ということになっていたんだけれど、その演奏会がちょっと古くさくて、全然面白くなかった（笑）。それで、「面白くないじゃない」なんて文句を言ったら、平岡さん、なんだか急に元気がなくなっちゃったのよね（笑）。河内音頭のほうが元気が出たよね、残念（笑）。

久美子　平岡さんと言えば、「山田風太郎論」。私が山田風太郎を読むきっかけは、平岡さんだったね。

美恵子　ああ、そうかもしれないね。

久美子　「山田風太郎論」がすごく面白くて、山田風太郎をずっと読んでいた時期があった。

もし今、平岡さんが生きてたら、書いてもらいたいことがいろいろある。例えば今度、法政大学出版局から出た『パチンコ』（杉山一夫著）っていう本があるんだけれども、その著者が横須賀の人で、銅版画家でもあるんだけど、『ジャズの街・ヨコスカ』というものも書いているのね。平岡さんが生きていたら、関係があったよね。パチンコ屋で流す音楽は軍艦マーチと演歌だけどさ。

美恵子　「パチンコとジャズ」もあるわけね。平岡さんとは、どうやって知り合ったかはっきり覚えていないんだけど、関連した本を出すっていうので、『ニューミュージック・マガジン』の編集長と、平岡さんとで誰かの家に行ったことがある。でも何のために行ったのかは、覚えてないのよね（笑）。なんとなくおしゃべりして、面白かったなというだけで。

久美子　平岡さんに会ったって話を聞いたのは覚えてるわよ。なんかすごくガキの、男の子の集団みたいだったよって言ってたよね。

美恵子　そう。『ニューミュージック・マガジン』の編集長は、ちゃんとした大人だったけど。平岡さんは何かっていうとすぐ「キンタマ」って言うわけよ（笑）。タマシイって感じでさ。「男根主義」って言うべきなんじゃない？　っていうところを、「睾丸主義《キンタマ》」なんて言っているわけ。

久美子　「睾丸主義《キンタマ》」っていい意味で子供っぽいってこと？

美恵子　うん。元気いっぱいって意味だったんじゃない？　でも「男根主義」とは違うんだっていう意味では使ってないわけよ（笑）。解剖学的に混同していて、当時、そこが平岡セイメイの限界だな（笑）と思ったけど、今はどうでもいいや（笑）。睾丸と男根は分けるべきじゃない？　そもそも「男根主義」っていうのは「権力主義」ってことだけど。

久美子　家父長制とかさ、そういうことにつながるのが男根主義よね。その差がわかってない、っていう感じ？

美恵子　そうなのよ。混同してない？　って言ったら反省してた。そうだな、男根と睾丸は違うなって（笑）。そう言えばさあ、あれをコーガンと言うか男根と言うか知らないけど、平岡さんが熱心に批判してた、さだまさし、何の興味もないよね。

久美子　あの当時、平岡さんも私たちも三浦友和に対して不信の念を持ってたわけだけど、友和に関しては後で反省することになったのよね。『台風クラブ』（相米慎二監督、一九八五年）のいやらしい公立中学の教師の役とか、たけし（北野武）の映画のヤクザなんか、よかったじゃない。映画のコンビとして、百恵と離れたのがよかった。あんなにいやらしい奴だったのか（笑）。

美恵子　そうそう。私はね、二人がコンビ解消というか、百恵が引退しなかったら、もう行く末は高村光太郎の『智恵子抄』しかないじゃないかって（笑）。

ものすごく分厚い『映画監督　神代辰巳《くましろたつみ》』（二〇一九年、国書刊行会）に『みいら採り猟奇譚』（河野多恵子）の神代さんの書いた未発表シナリオが載っていて、これって面白いでしょ？　絶対に実現不可能なことなんだけど、百恵・友和でやったらよかったんじゃないかなあ、と思った。

久美子　そうかあ。二人で『春琴抄』やってたんだから、その発展形だよね。河野さんも喜んだんじゃない？　光太郎と智恵子神話を、他ならぬ友和が破った結果だね。

巖谷さんとシュルレアリスム

久美子　巖谷さんとの話を読み返してみると、私が「シュルレアリスムは研究になると面白くない」っていうような発言をしているんだけど、今思うと、その発言は反省ね。研究はやっぱりすべきだし、研究している本で面白いのもあるな、と。

美恵子　新しいシュルレアリスム研究っていっぱい出てきてるでしょ。

久美子　巖谷さんは展覧会の企画はたくさんしているでしょ。それも一種のシュルレアリスムのありかたでもあると思う。若い研究者の本も、水声社から出ているシリーズで面白いものがあるよね。齊藤哲也の『ヴィクトール・ブロネル』とか。著者が楽しんで調べて書いているという感じが伝わって、読んでいるこちらまで楽しくなる体験だった。

ずいぶん前の研究書だけど、グザヴィエル・ゴーチエの『シュルレアリスムと性』。巖谷さんはすごく嫌ってた。この本を好きという人間はまあいないと思うけど（笑）、あまりのことに面白いのよ。

美恵子　男の研究者は嫌うのでは？

久美子　グザヴィエル・ゴーチエは、ベルメールとかブローネルのような画家のことを、

「トウサク的」ってむしろ称揚してるようにも読めるのだけど、女性の差別をそのままにして、性の革命はありえないとボーヴォワールも言っているけれど、特にブルトンのような男性中心主義のわかりやすい性欲しか認めないことを激烈って言っていいくらい批判するわけ。シュルレアリスムの一部の人って、ゲイも認めないから、そのあたりを女性の研究者は、今でもすごく批判しているよね。

美恵子　それはそうよね。ゲイを認めないっていうことは、女も認めないっていうことになるもんね。

久美子　ジョイス・マンスールを巖谷さん、訳してるでしょ。スワンベリの絵がすごく効果的で、大好きな本だな。フェミニズム批評が表現されたものについて書く場合、このマンスールとか、レオノーラ・カリントンのことを書いたらどうかといつも思ってるわね。カリントンはメキシコで初めてのフェミニズムグループを組織したというし。

美恵子　ジョイス・マンスールは好きだし、カリントンのことも私は書いてるけどね。

久美子　巖谷さんはゲストの中で一番若かったでしょう。年もそんなに違わないし、美恵子に対しては、なんとなく競争意識をもってたんじゃない？

美恵子　それはそうかもしれないね。私だって、いささかそういう傾向はあったもん。巖谷さんと知りあったのは……。

久美子　誰かの展覧会の会場で紹介されたんじゃないかな。

でも、あらためて鼎談の相手を見てみると、西江さんと山田さんもお互い知っているわけだし、西江さんと平岡さん、大岡さんと蓮實さんももちろん知り合いで、山田さんと蓮實さんもね、そういうつながりってあるわね。篠山紀信と平岡正明は、まあ百恵を間にの関係よね（笑）。

美恵子　篠山さんって本当に気さくっていうか、飾りっ気がないし気取ってない人よね。

久美子　ほんとほんと。だからこっちも、銀座のバーで会って、「今度鼎談に出てね」っていう感じで頼んじゃって。

美恵子　今はそんなカジュアルなことはできないだろうけれど。でも会って話をすると、「一昨日、会ったばかりだけど、また会ったね」っていう印象になっちゃうような不思議な魅力がある人よね。

久美子　カメラマンでも変に芸術家ぶって重々しく現代的《コンテンポラリ》ぶっている人っているじゃない？　そういうところがないのがいいわよね。

金井姉妹の先生

久美子　「映画憑きのお話」で、山田さんと鼎談した時点では、たとえば、ハワード・ホークスや、ルノアール、ジョン・フォードの戦前の映画なんかは観られない時代だったのね。

美恵子　そう。ビデオなんかもなかったし。フィルムセンターでハワード・ホークスやルノアールの特集をやったのも、三百人劇場でジョン・フォードの特集をやったりしたのも、ずいぶん後のことよ。レンフィルムの映画を観られたのだって九〇年代の初めだものね。このころ、観ることができた映画ってすごく限られていた。そんな中で山田さんと映画の話を……。

久美子　かろうじてできた、っていう感じよね。ホークスの『赤ちゃん教育』もキューカーの『若草物語』もフォードの『Mary of Scotland』も観てないのに、キャサリン・ヘップバーンの話をしてるわけでしょ。我ながらあきれるね。

美恵子　うん。山田さんが私たちに話してくれることが、私たちにはかろうじてわかったというのが、今までお付き合いがつづいている理由のひとつでしょうね。それに山田さんって、こっちの観ていない映画の説明もすごく面白い。山田さんと知り合いにならなかったら、映画を観続けなかったかもしれないね。今まで映画を観続けるっていうことはなかったと思う。先生と言ったっていいくらいよね。

久美子　私たちが子どものころ観た映画で、タイトルも忘れて、話もよく覚えてなくて、出ていた女優と俳優と記憶にあるシーンの話をするとすぐにわかって教えてくれるね。

美恵子　映画を観続けてきたっていうのは、山田さんと蓮實さんと山根（貞男）さんのおかげだと思う。『ａｎ・ａｎ』に淀川長治さんが毎週、映画評を書いていた時は、それが観るべき映画の基本的指標だったよね。映画の魅力を、それこそ何かに憑かれたみたいに説明してくれるのよね。

久美子　「シネフィル」っていうのはさ、山田さんや蓮實さんのためにあるような言葉よね。『話の特集』が休刊になったあと、鈴木さんが企画して、蓮實さんと山田さんが監修したレーザーディスクがパイオニアから出たじゃない。鈴木さんが編集して、山田さんと蓮實さんが選んだこの映画のレーザーディスクはすごく面白かった。

美恵子　ルビッチの『生きるべきか死ぬべきか』なんかが入っていたのね。確かDVDにもなっているはずだけど。

久美子　最近、『キネマ旬報』なんかを見ると、若い映画研究者たちの山田さんの本の評価がとても高いでしょ。それを見るととてもうれしいな。

美恵子　「山田宏一の読者」というのがちゃんと定着しているよね。でも、権威的なところのない本と人物だよね。

安部公房を好きなフィリス・バンバウムさん

美恵子　フィリス・バンバウムさんは、すごく真面目な人だった。実際はそんな暗い感じはしないんだけれども、やっぱり話の内容は堅いよね。

久美子　典型的なユダヤ人の女性の知識人、文学少女。スーザン・ソンタグにちょっと似た感じを受ける。あの人もすごく真面目でしょ。

美恵子　何しろ安部公房が大好きで。安部公房のどこがいいんだろうっていうのが、私の感想だったけれどね。

久美子　大体、若い女性の小説家から安部公房の名前なんて聞いたことないよね。男性作家は中村文則とか、安部公房を好きだと言っている人はいるようだけど。

美恵子　女性では山尾悠子さんくらいかもしれないね、安部公房を読んでいるのは。

久美子　安部公房が山尾悠子のことを評価してたね。

美恵子　割と早くからね。でも、山尾さんの安部公房理解っていうのは、フィリスさんみたいに「不在の物」とかさ、「闇」とか「存在」とか、そういうものじゃないでしょう。でも、フィリスさんが翻訳してくれた私の小説「兎」を読んだのがきっかけになって、私のほかの英訳されてる小説にも手を伸ばしたと言うアメリカの女性作家が何人かいて、それはとてもありがたいことなんだけど。

久美子　フィリスさんとは「兎」を翻訳したいと連絡をもらったのが最初よね。その当時、割と国際文化交流というのが盛んで、国際交流基金賞をもらったイルメラ・日地谷・キルシュネライトさんという文学者が、佐多稲子や、円地文子、河野多恵子、瀬戸内寂聴、田辺聖子とか、日本の女流作家十二人にインタビューをしたりしていたよね。あっ、美恵子もインタビューされてるんだけど（笑）。それが、一昨年、岩波書店から本になったけれど。

美恵子　まだ日本もバブルが破綻していない頃だから、日本研究にお金を出す人がいたわけね。イルメラさんはドイツの人だけれども、アメリカでもそういうことがあって、フィリスさんもそれで来日したんじゃなかったかな。インタビュアーが外国人のせいもあったのかもしれないけど、どなたも遠慮のないことをのびのび話してる印象ね。男の批評家のインタビューって、やなんだよね。こっちが気を使っちゃうよね。何も知らないから（笑）。

久美子　あの頃、いっぱいいたものね。日本で文学研究をしたいって女性の外国人が。

美恵子　私の小説に興味を持ってくれたのは全部女の人だったのが不思議ね。日本とは全然違って。それに映画研究も。「蓮實重彥の文章を読んで映画研究をしている」と言うと嫌われるんだ、なんて言っていた人もいたよね。なんで難しい日本語でわざわざアメリカ映画のことを研究しなきゃいけないんだ、って（笑）、すごく反駁されたって言ってた。だからそういう時代があったのね。キルシュネライトさんのインタビューは、本にはなったけれども書評さえ載らなかったね。

久美子　『週刊文春』で酒井順子が感想文を書いていたくらい？

大岡さんと教養

久美子　大岡さんのことで印象深かったのは、お会いした時に、「自分は教養がないから」っておっしゃったの。あの大岡さんが、ってびっくりしたのよね。それで蓮實さんに、

「大岡さんがこういうふうにおっしゃってたんですけれど」って言ったら、蓮實さんは、「僕だって教養が欲しいですよ」って言うのよね。

美恵子　ないからね（笑）。

久美子　それもまた、「えっ」と、思ったんだけれど。覚えてるでしょ？

美恵子　大岡さんの場合は、周りに中原中也とか、小林秀雄とか、その当時天才だと思われていた人とか、感受性だけじゃなく、幅広い知識や教養と言われているものを身につけた人たちがいたわけよね。ほらあ、道頓堀歩いてるとモーツアルトが聞こえてきちゃう小林秀雄とかさあ、お能のことなんかでも中村光夫があきれて書いてるよね、小林についてはさ。美術なら美術で、青山二郎とか、当時、大岡さんよりいろんなことを知ってた。なんかお金もかけ、苦労もして、身につけた教養？

年を重ねてからの大岡さんのお仕事ぶりっていうのは、徹底的に調べて書く、ということだったけれども、それは、大岡さんの自負だったんだと思う。教養がないから。

久美子　なるほど。たとえば林達夫とか、加藤周一、中村真一郎は、絶対に自分に教養がないなんて思ったことはないだろうね（笑）。

美恵子　教養はあるのが前提っていう態度で物を書いているよね。だから「教養がない」っていうのは、小説家として素晴らしい言葉だと思うね。

失われた「批評性」

美恵子　タイガー立石のことは、なんで話をするつもりだったんだっけ。

久美子　この間たまたま「日曜美術館」を見ていたら、千葉市美術館でタイガー立石展のことをやっていたのよね。タイガー立石って昔からわりに好きだったんだけど。虎の絵本とか。

美恵子　そうそう。虎がスイカになったりダルマになったりする絵とか。

久美子　福音館から絵本が出ていたわよね。番組の中で、山口晃っていう、俯瞰で屏風絵なんかを描く日本画の人が出てきて、タイガー立石について話をしていたんだけど、タイガー立石っていう人は、画風やスタイルがコロコロ変わっちゃう人なのね。

美恵子　漫画を描いたりとか。

久美子　そうそう。赤塚不二夫と一緒に漫画を描いてみたり、イタリアへ行って、アートディレクターみたいな仕事をしたり。そのたびに有名になるのが嫌だとか、大家になりそうだからと言ってやめちゃったりする。

もう本人は亡くなっているんだけど、当時のインタビュー映像の中で、三十センチから五十センチくらいの彫刻作品が紹介されてたんだけど、ミロとかゴヤのオブジェの反対側にミロやゴヤの顔のオブジェがあるのね。誰が見てもわかる、ほかにもピカソとか。要するにタイガー立石っていうのは、批評行為として創作する作家なんだよ。

美恵子 その批評性こそが面白いのに、山口晃の言っていることを聞いていると退屈。批評性ゼロだと思っちゃった。

久美子 小説家の小野正嗣も解説しているんだけど、タイガー立石の批評性に全く気がつかないのかねえ。

美恵子 全く自覚していないわけよね。

久美子 今度、青木繁の大作『海の幸』にたった一人で扮して（M式「海の幸」）美術史と日本の歴史に挑んだつもりらしい森村泰昌なんかとは根本的に違うと思う。全然面白くないし。「アートシーン」っていうコーナーで取り上げられていたけど、びっくりしちゃったよね。

美恵子 南伸坊の扮装写真の方がずっと面白い。

久美子 なんて言ったらいいかな、ネットのせいか、印刷された文字で発言する中から、面白いものが、じゃんじゃんなくなってきているという気がしない？

美恵子 する。真面目に幼稚化というか。何のせいとも言えないんだけれど全体的にものすごく幼稚化しているよね。小説もそうだし。

久美子 文芸時評もそうよね。文芸雑誌に文芸時評っていうものが載らなくなったし。例えば、批評っていうのはさ、若い知らない作家の小説を読もうかなと思ったときに、それがどういうものかということを……。

美恵子　単に内容の紹介じゃなく、批評的に文学史的にどういうところにいるんだということがわかるように表現するのが、時評だと思うけどね。タイムリーに。

久美子　そう。そうすると、ちょっと読んでみようという気になるんだけど。そういうのが一切ないよね。

そうかと思うと原理主義的な論文のようなものが少しね。そういうのは、大学でどうぞ、学界でどうぞ。

美恵子　文芸時評が短くなったということもあるけれどさ。文学史的にこの作品はどうなんだ、ということをそういう言葉で書かないでも、いわゆる文学好き、小説好きの読者にわかるような情報を伝えるのが時評だったわけでしょう。そういう読者層が極端に少なくなったってこともある。まだこの鼎談をやっていた頃は文芸時評というものが機能していたんじゃない？

久美子　そうお？　誰がやっていたの？

美恵子　丸谷才一、大岡信、山崎正和ってところだね。

久美子　錚々《そうそう》たる顔ぶれ（笑）。

美恵子　少なくとも、読者や小説の作者より、教養があったんじゃない？（笑）。今の時評と違って。大江健三郎の時評さえ期待外れ気味だったけど、現在のは、新聞記者が書いたって同じようなもので、そのスタイルにも三十年くらいの歴史があるのね。説明は省くけど（笑）。

「目白姉妹」とフェミニズム

美恵子　鼎談をやっていた頃、私たち、知り合いには、「目白姉妹」って言われてたよね。大体、本の装幀もピンクが多いから、阿佐ヶ谷姉妹との関連はあるわけよ（笑）。こちらはいつもピンクの本っていう感じで。

久美子　『女の子は本当にピンクが好きなのか』（堀越英美著）ってタイトルの本があったじゃない。

美恵子　あったあった。それはもちろんフェミニズム系の本なんだけど、ピンクが好き、って言うと、ピンクの洋服を好んで着るってことになっちゃうわけよ。フェミ系は。ピンクでフリルがあって、というのが。

久美子　女の子だけじゃないよ。お婆さんもクスミ系のピンクやラベンダーが大好きみたいよ。阿佐ヶ谷姉妹はピンクをサカテに取ってるわけだよね。

この間、『ジョージ・オーウェル『一九八四年』を読む』っていう本を読んでいたのね。フェミニストらしき研究者が、フェミニスト的視点とは『一九八四年』にある女性嫌悪を断罪するためではなくて、オーウェルが問う人間性を吟味するためだなんて書いているんだけど、小説にそんなことを言ってもしょうがないよ。

美恵子　別のところでやってって言いたくなるよね。

久美子　世界の、というか日本の現状を考えればジェンダー問題を研究したり語ったりするのはあたりまえだよね。でもフェミニズムとジェンダー研究の作品の分析は面白いと思ったことはないな。啓蒙主義ってものは、うっとうしいからね。

美恵子　フェミニズムの小説や映画批評って昔から凄く面白くなかったよね。

古びるもの、古びないもの

久美子　山田さんの本っていうのはすごく厳密でしょ。トリュフォーとの往復書簡にしても、自分に関係する箇所はもちろん調べるけれど、トリュフォーが書いた時代の話とか、そういうものまですごく厳密に調べて書いていると思うのね。あれにはびっくりしちゃう。時間もかかるしね。

山田さんは本にするとき、必ずまた新しく書き足すでしょう。足した部分というのがまたものすごい。

美恵子　分量がね。

久美子　いつも感心しちゃう、っていうか、びっくりしちゃう。

美恵子　それも一種、教養がないせいよ（笑）。

久美子 せっかく読むんだったら、やっぱりそういうものが面白いと思わない？

美恵子 本当に教養がないとダメなんだけどね。

山田さんは、いろんなエピソードを知っていて、それをよく話してくれたわよね。

久美子 そう。一緒にごはんを食べたりすると、周りの人はみんなそれに感心してた。

美恵子 面白い話をたくさん聞いたわね。トリュフォーは「夜の七時を過ぎて、どうして男に会わなきゃいけないんだ」って言ってたんだって。

久美子 七時を過ぎて会うのは、女だけにしたいのね。山田さんもトリュフォーと同じにしたいらしいけど……。

美恵子 やむをえず……（笑）という場合があるよねえ。

それにしても、この鼎談を読んでつくづく思ったのは、「古びてる」っていうことね（笑）。でも古びないものっていうのは、絶対良くないよ。古びないものが良いもの、というのは一種の妄信ね。何度も目にしたり読んだりして、すっかり内面化してるものが心地良くって、人々の間で古びないものなのです（笑）。

久美子 例えば？

美恵子 この対談は、もちろん盗聴じゃない（笑）。いろいろあるけど、なんてったって大衆レベルで支持される誰でもわかるものが古びないわけよね。

久美子 自分が現代語訳した『源氏物語』は残る？

金井久美子　金井美恵子

美恵子　そうそう。そういう言い方。

久美子　それはいつも生まれ変わって新しい、つもりよね（笑）。

（二〇二一年十一月十二日収録）

初出一覧

「マッド・ティーパーティーへのお誘い」　『話の特集』一九七九年一月号
「プロ野球のお話」　『話の特集』一九七九年一月号
「メリイ・ウイドウのお話」　『話の特集』一九七九年三月号
「言葉のお話」　『話の特集』一九七九年六月号
「時間と空間のお話」　『話の特集』一九七九年七月号
「映画憑きのお話」　『話の特集』一九七九年九月号
「「深淵」についてのお話」　『話の特集』一九七九年十二月号
「激写のお話」　『話の特集』一九八〇年七月号
「シュルレアリスムのお話」　『話の特集』一九八〇年十月号
「百恵に狙われたら逃げられない」　『話の特集』一九八一年一月号
「あの頃、そして今のお話」　語り下ろし

本文中には、今日の人権意識に照らして不適切と思われる表現や語句が見受けられますが、話者が故人である場合や、鼎談当時の時代背景を鑑みて、発表時のままといたしました。

（編集部）

金井久美子

画家。1945年、北京生まれ。ルナミ画廊、シロタ画廊、村越画廊などで個展を開催する。妹・金井美恵子の多くの著作の装幀、装画を手がける。二人の共著に、『ノミ、サーカスへゆく』『待つこと、忘れること？』『たのしい暮しの断片』などがある。

金井美恵子

小説家。1947年、高崎市生まれ。67年、「愛の生活」でデビュー、同作品で現代詩手帖賞受賞。著書に『岸辺のない海』『プラトン的恋愛』（泉鏡花賞）『文章教室』『タマや』（女流文学賞）『カストロの尻』（芸術選奨文部科学大臣賞）『映画、柔らかい肌』『愉しみはTVの彼方に』など多数。

P7, 253 イラストレーション　Jan Lenica
『ヨーロッパのグラフィックデザイナー第一集』
（1970 年 7 月　美術出版社刊）より

本文デザイン
中央公論新社デザイン室

装　幀
金井久美子

JASRAC 出 2109334-101

鼎談集《ていだんしゅう》
金井姉妹《かないしまい》のマッド・ティーパーティーへようこそ

2021年12月25日 初版発行

著　者　金井久美子《かないくみこ》
　　　　金井美恵子《かないみえこ》

発行者　松　田　陽　三

発行所　中央公論新社
〒100-8152 東京都千代田区大手町1-7-1
電話 販売 03-5299-1730 編集 03-5299-1740
URL http://www.chuko.co.jp/

ＤＴＰ　平面惑星
印　刷　大日本印刷
製　本　小泉製本

Published by CHUOKORON-SHINSHA, INC.
Printed in Japan ISBN978-4-12-005486-0 C0095